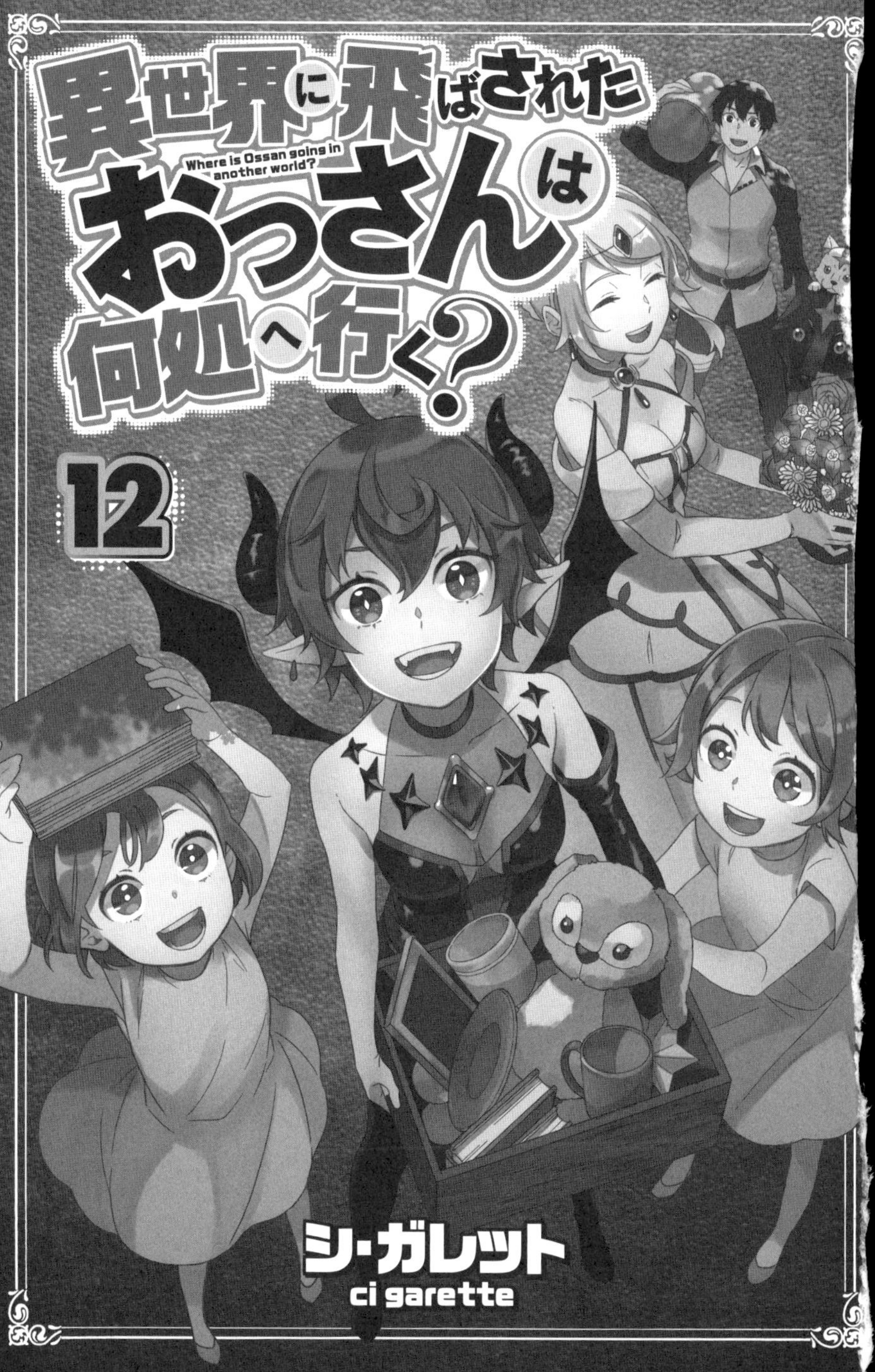
異世界に飛ばされたおっさんは何処へ行く？
Where is Ossan going in another world?
12
シ・ガレット
ci garette

# 目次

タクマ
異世界に飛ばされてきたおっさん。趣味を楽しみながら異世界を旅する。
大《おお》口《くちの》真《ま》神《がみ》
タクマと縁の深い日本の神様。ヴァイスの実父。
キーラ
魔族のリーダーの女の子。小悪魔な性格。
主な登場人物

プロック
タクマの経営する
商会の相談役。
トーランの
元・商業ギルド長。
コラル
トーランの領主。
タクマの
尻拭いばかり
させられている。
ザイン
パミル王国の元宰相。
今はトーランに
派遣されている。
タクマの仲間達
ヴァイス
ゲール
アフダル
ネーロ
ジュード
ブラン
レウコン
ナビ
アルテ
ヴェルド

# 第❶章

# 守るための選択

# 1　ダンジョン攻略後

異世界・ヴェルドミールに飛ばされてきたおっさん、タクマ。

彼は恋人である夕夏《ゆうか》と結婚式を挙げたのだが、その最中に問題が起きる。タクマを見守る神・ヴェルド達が神力を使った祝福を行った結果、タクマ達の暮らすトーランの町が聖域と化してしまったのだ。更には参列者にも影響が現れ、タクマと親しい人々が若返るという現象が起きる。

若返りの方法があると世間に知られれば、争いの引き金となりかねない。また、タクマや家族達もトラブルに巻き込まれる可能性がある。

そうした混乱に際し、国王・パミルは若返りを隠蔽《いんぺい》するために、ヴェルドとある計画を立てた。

その計画とは、ヴェルドの力で若返りの秘薬を用意し、ダンジョンの報酬とする事だった。そして秘薬を飲んだ結果、若返ったと公表するのである。若返りの秘薬はダンジョンを最初に攻略した者だけが手に入れられる希少なものであり、全て使い切ったと説明すれば混乱が起きないと考えたのだ。

パミルがタクマにダンジョン攻略を依頼すると、タクマは王国軍の兵士・チコ、宮廷魔導士《きゅうていまどうし》・ルーチェを立会人として、それに挑んだ。

そしてタクマは無事に攻略し、若返りの秘薬を手に入れたのだった。

◇◇◇

タクマとヴァイス達守護獣《しゅごじゅう》、チコとルーチェは、転移装置でダンジョンの外に出た。

そこにはチコの上司であるロハスと、彼の率いる軍の小隊がいた。

ダンジョンの周辺には、テントが張られている。ロハス達はもともと監視のためにダンジョンを囲むように野営地を作っていたが、ダンジョンのすぐ前に移動してきていた。タクマ達がダンジョンから出てきた時にすぐに分かるようにするためだ。

ロハスが、タクマの姿を見て走り寄ってくる。

「タクマ殿、ご無事でしたか！」

ロハスはタクマの後ろに立つチコに視線を向けた。

チコは前に進み出ると、ロハスに報告する。

「無事に帰還しました」

「では、あちらでダンジョン攻略の報告を聞かせてもらう。タクマ殿、チコから報告を聞く必要があるので、王都に戻るのはもう少しお待ちください」

ロハスとチコがテントの方に移動していった。

しばらく時間がかかりそうだったので、タクマはアイテムボックスからテーブルや椅子を取り出し、近くの地面に設置した。

タクマはルーチェに声をかける。

「さて、俺達はここでチコの用事が済むまで待とう」

しかし、ルーチェは緊張した様子で立ちつくしている。表情も不安げだ。

ルーチェは宮廷魔導士であるにもかかわらず、研究を優先して命令無視を繰り返していたため、クビにされかけていた。それで今回解雇を免れる最後のチャンスとして、タクマのダンジョン攻略の立会人を務めたのだが、途中で守護獣達の邪魔をするという失態を犯してしまっていた。

タクマはルーチェの様子を見て、王都に報告に戻るのが怖いのだろうと予測する。

タクマはアイテムボックスからヤカンとカップ、インスタントコーヒーを出し、ルーチェに言う。

「ルーチェ、とりあえずこっちでコーヒーでもどうだ？　緊張するのも分かるが、今からそんな調子じゃ、疲れるぞ」

タクマは火を起こして焚火《たきび》を始めた。焚火でお湯を沸かしてコーヒーを作り、テーブルの上に置く。

ルーチェはようやく椅子に座る。

「あ、ありがとうございます……」

カップを受け取ったルーチェの表情はとても硬い。タクマの予測通り、報告を終えたあとの処遇が気になるのだろう。

タクマは人に気を遣うのがあまり得意ではない。なので、単刀直入にルーチェに尋ねる。

「自分がどうなるか不安か？」

ルーチェは黙っていたが、しばらくして口を開く。

「ええ……私は宮廷魔導士の義務を果たしていませんでしたし、そのせいで多くの人に迷惑をかけてしまいました。現実は認めているつもりですが、今後どうしたらいいか考えると怖いです……立会人も完璧に務めたとは言えませんし、報告を終えたら職を失う事になると思います」

ルーチェは続ける。

「王城から放逐《ほうちく》されて、私は生きていけるんでしょうか。仕事も見つけられるか分かりません。もし仕事が見つからなかったら、一人で生きてく自信がないです。私の身の回りの事は今まで全て使用人がやってくれていましたから」

ルーチェは静かに涙を流していた。

タクマは彼女が言いたい事を全て言えるように、黙って話を聞いていた。

ルーチェが気持ちを吐露し終わったところで、タクマはゆっくりと口を開く。

「そうか……でも、全てを失う前に自分の悪かった所に気付けたのはよかったんじゃないか？　大体まだクビになるとは決まってないだろ」

ルーチェは首を横に振る。

「私は王城の人達だけではなく、タクマ様にもご迷惑をかけていますから……ダンジョンでの失態については、包み隠さず報告書にまとめるつもりです」

タクマは言う。

「別にそこまでしなくてもいいんじゃないか？」

確かにタクマは、ダンジョンでルーチェの行動を強く注意した。だがルーチェは態度を改めたので、ダンジョンの攻略に問題は起こらなかった。だからルーチェに失態があったといっても、些細な事だと考えていたのだ。

タクマがルーチェにその事を伝えると、彼女は真剣な顔で述べる。

「私にできる事は、正直に報告書を記入するだけです。タクマ様の言葉は嬉しいですが、解雇の判断はパミル様にゆだねようと思います」

ルーチェの決意を感じたタクマは、これ以上の口出しはやめる事にした。


重い空気が漂う中、チコがタクマ達の所へ戻って来た。

「お待たせしました。隊長に報告を終えました」

「お疲れさん、意外と早かったな」

チコの後ろには、ロハスの姿があった。彼はなぜか複雑な表情を浮かべている。

よく見ると、チコもどこか神妙な面持ちだ。

タクマは不思議に思い、二人に尋ねる。

「どうしたんだ？　何かまずい事でもあったのか？」

タクマに聞かれて、チコは緊張した様子で言う。

「タクマ殿。実は、軍を辞めようと思うのです」

タクマはぎょっとした。

「突然どうしたんだ？　それに、辞めてどうするっていうんだ」

チコは真剣な面持ちで、タクマに告げる。

「私は、軍人として民を守る事に誇りを持っています。しかし、私の代わりになる人間はたくさんいると常々感じていました。そんな時、タクマ殿に出会ったのです」

チコはダンジョン攻略の途中で、タクマがこれから王都の防衛に手を貸すつもりだという話を聞いていた。そしてタクマと王国軍との橋渡しをする人間が必要になると感じたのだ。

タクマは一国の軍に相当するような力の持ち主だ。だから有事の際、王国を守るために動こうとしても、きっと軍との衝突が起こるだろう。

その時に軍の出身者である自分がタクマの側《そば》にいれば、やり取りが円滑になるはずだ。この役目は自分にしかできないと思っているとチコはタクマに伝え、更に続ける。

「タクマ殿は大きな力を持っている方です。しかし、個人でやれる事には限りがあります。だから私は軍を辞め、タクマ殿の補助をしていきたいのです。ダンジョンでタクマ殿の強大な力に触れ、守りたいものは自分で守るという考えを聞いて、魅了されたからでもあります」

タクマはチコの急な申し出に戸惑ったが、特に断る理由もなかった。

それにチコは既に心に決めているようだ。意思を曲げるのは難しいだろう。

タクマはチコに改めて確認する。

「そうか。決意は固いんだな？」

チコは静かに頷いた。

「なら、俺の方は問題ないが……」

タクマはそう言って、ロハスに目を向ける。

「という事のようだが、ロハス……隊は大丈夫か？」

ロハスは苦笑いを浮かべる。

「先ほど、チコから話は聞きました。隊は大丈夫……と言うと嘘になります。ですがチコの決めた事ですから、私は尊重したいと思います。彼はこれからタクマ殿に同行し、王城でパミル様に報告を行ったあとに軍を除隊する予定です」

言い終わったところで、ロハスはタクマに右手を差し出した。

「……彼を頼みます」

タクマはロハスの手をしっかりと握った。

ロハスと固い握手を交わしたあと、タクマはルーチェとチコに声をかける。

「それじゃあ、王都に帰るか。おっと、その前に、まずはコラル様にダンジョンを攻略した報告をしておこう」

タクマは椅子やテーブルをアイテムボックスにしまい、代わりに遠話《えんわ》のカードを取り出した。

そしてカードに魔力を流し、トーランの領主・コラルに連絡を取る。

◇　◇　◇

一方その頃、タクマの家族達が暮らしている湖畔の家では、子供達が話をしていた。

「ねー、おとうさん達まだかなぁ……」

「ヴァイスのおとうさん達が遊んでくれるけど、やっぱり寂しいね」

「早く帰ってこないかな？」

子供達の側には、彼らのお守《も》りをしている神達がいた。神達はタクマの留守中に危険がないよう、姿を変えて地上にやって来たのだ。

子供達の会話を聞いて、神達は心配そうに顔を見合わせた。

最初にヴェルドミールを司る神・ヴェルドが口を開く。

「やっぱり私達ではタクマさん達の代わりは無理みたいですね」

次に日本の神である大口真神《おおぐちのまがみ》が言う。

「うむ。この子達は、それほどタクマを信頼しているのだろう」

ヴェルドと大口真神は、タクマの存在が子供達にとって大切なものだと、改めて感じていた。

続けて日本の神である、鬼子母神《きしもじん》と伊耶那美命《いざなみのみこと》も言う。

「皆タクマさんに会いたくて、待ちきれないようです」

「そうね……ダンジョン攻略はそろそろ終わるはずだから、早く帰ってくるといいのだけれど……」


四柱の神々が元気のない子供達を気にかけていたところ、家の中から夕夏が出てきた。

夕夏は子供達におやつの時間だと告げる。

子供達は返事をして、家へ入っていく。けれどその姿は、どこかしょんぼりしたものだった。

子供達が全員家の中に入ると、夕夏が四柱にも声をかける。

「皆さん、子供達の面倒をみていただいてありがとうございます。おやつの時間ですし、中でお茶でもいかがですか？」

大口真神はそれに返事をせず、代わりに夕夏に子供達の様子をどう思うかを尋ねた。

夕夏は、途端に顔を曇らせる。

実は夕夏も、子供達に元気がないのが気になっていたのだ。タクマが不在になってから、子供達はずっと寂しそうな顔をしていた。

子供達は最近、タクマと一緒に過ごす事が多かった。だから久々に離れた事で、ストレスを感じていのかもしれない。夕夏はそう考えていた。

大口真神は、俯いている夕夏に提案する。

「夕夏よ。子供達はタクマを恋しがっている。だったら待っているのではなく、子供達を連れて迎えに行くのはどうだ？　そろそろダンジョンから帰ってくるだろう」

夕夏はしばらく考えていたが、頷いて言う。

「そうですね……待っているだけじゃ気が滅入《めい》るばかりだと思うし、いいかもしれません。アークスに相談してみます」


夕夏の相談を受け、アークスは驚いた顔をする。

「迎えに行きたい？」

「ええ。あの子達はいい子だから、このまま待つ事もできると思うわ。だけど、あの悲しそうな顔を見ちゃうと、何かしてあげたいなと思って……」

夕夏はそう言って、おやつを食べる子供達に目を向ける。

アークスも目線を子供達に向けたあと、深く頷く。

「確かに……悲しそうな様子ですな。これを放ってはおけません」

アークスはポケットから遠話のカードを取り出す。このカードは、コラルから渡されたものだ。

「では、コラル様に相談してみましょう。コラル様はタクマ様との遠話のカードを持っています。

タクマ様の動向を把握しているかもしれません」

アークスが遠話のカードに魔力を流すと、すぐに反応があった。

『アークスか。どうかしたのか？』

アークスが事情を話すと、コラルの豪快な笑い声が響く。

『はっはっは！　タクマの所にいるいい子達でも、父親がいないと元気がなくなるのか』

ちなみにコラル、国王パミル、二人の王妃、元宰相《さいしょう》・ザインは、タクマの結婚式に参列した影響で若返っていた。しかし世間に若返りが知られれば騒ぎになってしまうため、今はタクマが異世界商店で購入した偽装のネックレスで、若返る前の姿に変装している状態だ。

「子供達は最近、いつもタクマ様と一緒にいましたから……仕方ないかと」

『なら、子供達をトーランの私の屋敷に連れてきてはどうだ？　タクマ殿がダンジョンを攻略したらどのみち王都で合流する事になっているからな。私の屋敷で待機して、タクマ殿から連絡があったら、一緒に王都に行けばいい』

コラルは子供達の気持ちを尊重し、早くタクマに再会できるよう取りはからうと約束した。

コラルは更に、思いついたように言う。

「そうだ。せっかくだから子供達がより元気が出るように、サプライズにするのはどうだろう」

コラルが提案したのは、この話をタクマにも子供達にも内緒にしておく事だった。

お互いに知らされていないまま再会すれば、普通に会った時より嬉しいだろう、というのが理由だ。

「ありがとうございます。では早速子供達に伝えます」

アークスはコラルに感謝して遠話を切った。

子供達の方を見ると、ちょうどおやつを食べ終わっている。

アークスはこれからする提案に子供達が喜ぶのを想像し、笑みを浮かべた。そして台所に保存してあるワインを一本取り出して、子供達のもとへ向かう。

子供達の集まっているテーブルの前に来たところで、アークスは彼らの顔を見回して言う。

「ちゃんとごちそうさまはしましたか？」

子供達はそれぞれ「はぁい」と返事をした。

「では、おつかいをお願いします。夕夏様と一緒に、コラル様の屋敷へワインを届けてください」

アークスは手に持ったワインを子供達に見せてから、夕夏に渡した。

「お手伝いをこなして、タクマ様が帰ってきたら褒めていただきましょう。皆さん、できますね？」

子供達はお互いに顔を見合わせたあと、深く頷いた。

「では、よろしくお願いしますよ」

子供達は早速立ち上がると、早く行こうと夕夏を急かす。何もせずにタクマを待っているよりは、行動していた方が気がまぎれると思ったのだ。

夕夏はそんな子供達に優しく言う。

「待って、待って。そんなに慌てないの」

夕夏が見ると、アークスはいたずらっぽい表情を浮かべている。

（アークスがタクマに会えるって言わないのは、サプライズって事よね？　タクマに会ったら、この子達どんな顔するかしら）

夕夏は子供達の顔を想像しながら、嬉しそうに出発の準備を始めた。

それからふと目線を移し、タクマ達が引き取ったエルフの赤ちゃん・ユキの方を見る。彼女は大口真神と遊ぶのに集中していた。

機嫌がいいのに、遊びをやめさせて連れていくのもかわいそうだ。というわけで、ユキは後ほど大口真神に連れてきてもらう事になった。


一方その頃、トーランのコラル邸では、サプライズの準備が進められていた。

コラルは子供達に、庭で待機してもらおうと考えた。タクマがコラル邸に来る時は、庭に現れる事が多いからだ。

コラルは使用人に言いつけ、バーベキューの食材が入った籠《かご》を用意させる。

「コラル様、準備が整いました」

使用人の報告を受けて、コラルは満足そうに頷く。

「タクマ殿を迎えるには、簡単でもいいから、子供達が作った食事を出すのがいいだろう。会えなくて寂しかったのは、タクマ殿も一緒だろうしな」

コラルはタクマ一家の喜ぶ顔を想像し、嬉しそうに子供達を待つのだった。


しばらくすると、コラル邸の門の外から元気な声が響く。

「「「こんにちはー！」」」

子供達が使用人に案内されて、コラルの待つ庭にやって来た。子供達は夕夏からワインを受け取ると、コラルに走り寄る。

「アークスさんにおつかいを頼まれてきたの！」

コラルは子供達からワインを受け取って、笑顔で言う。

「これはいいワインだ。ありがとう。そういえば、今日は庭でバーベキューをしようと思っていてな。ぜひ皆で参加してくれ」

コラルは子供達に、食事の時間まで自由に過ごすように伝えた。

子供達はそれを聞くと、喜んでコラル邸の庭で遊び始める。彼らは湖畔でタクマを待っていた時より、かなり元気になった様子だ。

子供達がはしゃいでいるのを見ながら、夕夏はコラルに話しかける。

「タクマとの再会を内緒にしておこうというのは、コラル様の考えですね？」

「ああ。せっかく会うなら、驚きがあった方が喜びも大きいだろう？　私も子供達の笑顔を見たいからな」

夕夏とコラルは、お互いに笑いながら頷く。すると、タイミングよくコラルの持つ遠話のカードが光る。

遠話してきた相手はタクマだった。


ダンジョンの前にいるタクマは、コラルに遠話で報告を行う。

「コラル様、問題なく攻略を終えました。今はダンジョンの外に移動しています」

『そうか……それで首尾はどうだったのだ？』

タクマはチコ達に聞かれていない事を確認してから、立会人がいても問題なかったと答えた。

『そうか……では、あとはトーランで詳しく話を聞かせてほしい』

タクマがダンジョンに向かった際、コラルは王城にいた。だからタクマは、てっきりコラルはまだ王都に滞在したままだと思っていた。

タクマは不思議に思って、コラルに尋ねる。

「コラル様は今、王城にいないのですか？」

『うむ。王城では落ち着いて話せないと思って、いったん戻ってきたのだ。君も慣れているトーランの方がよかろう』

タクマはどこでも構わなかったのだが、コラルが気を利かせてくれたのだと思い、それ以上は聞かない事にした。

コラルはタクマに、更に指示する。

『ああ、その前に、立会人二人だけ先に王城に送ってもらえるか。パミル様から言われたのだが、君が王城に報告をしに行くのは、彼らが報告を終えてからになるそうだ』

「分かりました。では彼らを送ったあとに、トーランに向かいます」

『頼むぞ。それから、王都に向かう時は王城の中庭へ跳んでくれ。今の時間にパミル様の所へ跳んでしまうと、謁見の最中だからな。タクマ殿が向かう事は、遠話のカードで私から王城の使用人に連絡しておこう……それにしてもタイミングがばっちりだったな』

「タイミング？　それってどういう意味……あ、切れた」

コラルの最後の一言が気になったが、タクマは遠話のカードをしまい、立会人二人に声をかける。

「二人を城へ送ったあと、俺はいったんトーランに戻る事になった。というわけでこれから二人はパミル様に報告する事になるが、準備はいいか？」

チコもルーチェも、問題ないと返した。

「じゃあ、早速行くぞ」

タクマはチコ、ルーチェ、守護獣達を範囲指定すると、一度行った場所を訪れる事のできる魔法・空間跳躍《くうかんちょうやく》を使用した。

タクマ達は王城の中庭に到着した。

タクマはヴァイス達に座っているように指示をして、待機する。

しばらくすると、王城の中から数人の男が出てきた。

「お待たせしてしまい、申し訳ありません！」

出迎えてくれたのは、騎士四人と、文官らしき太った男だった。

「いや、コラル様に連絡をしてからすぐに来てしまったこっちも悪い。気にしないでくれ」

文官の男は頭を下げながら言う。

「そう言っていただけると助かります。本日はダンジョン攻略の立会人を送ってくださったと聞いていますが、このお二人でよろしいですかな？　宮廷魔導士のルーチェ様と、軍部のチコ様ですね。本人だと分かるものはお持ちですか？」

チコとルーチェは文官の男に促され、身分を証明するプレートを差し出した。

文官はプレートを受け取りながら言う。

「はい、確認しました。ルーチェ様は、そのまま執務室へ移動してください。宰相のノートン様がお待ちです」

ルーチェは文官からプレートを受け取ると、タクマの前に来た。

「タクマ様、ここまでお世話になりました。今までご迷惑をおかけして申し訳ありません」

しおらしい様子のルーチェに、タクマは笑みを浮かべる。

「まあ、色々あったけど、あまり気にするな。危険な場所にいるから厳しい事を言わせてもらったが、こうして無事に戻れたしな」

タクマの言葉を聞いたルーチェは、少しだけ表情を和らげる。その顔はどこか晴れやかだった。

「では、タクマ様。私は報告がありますのでこれで……」

ルーチェはそう言って顔を引き締め、王城の中へ向かった。

文官は、今度はチコに促す。

「チコ様は王都に入るための手続きと、入城の手続きをお願いします」

「分かりました」

チコは返事をすると、騎士達が持ってきた冊子に自分の名前を記入する。

文官はチコのサインを確認して告げる。

「では、所属している部署へ報告をお願いします」

チコは文官の男から返却されたカードを受け取り、タクマのもとへやって来た。

「タクマ殿、王城まで送っていただきありがとうございました。これから軍の担当の所へ行き、辞めたいという話をしてきます」

タクマは、チコに改めて確認する。

「……本当にいいのか？」

「ええ。問題ありません」

チコはとても穏やかな顔をしていた。自分の進むべき道を見つけたという充実感があったのだ。その表情を見て、タクマはゆっくりと頷く。

チコも嬉しそうに頷くと、王城の中へ消えていった。

ルーチェとチコを見送ったところで、タクマは文官に尋ねる。

「……それじゃあ、俺は帰るけど、大丈夫か？」

「は、はい！　お帰りいただいて問題ありません。立会人のお二人から報告が終わり次第、パミル様からコラル様へ連絡します。それまでは自由に過ごされて問題ないとの事です」

タクマは文官にお礼を言うと、ヴァイス達を呼び寄せる。

「じゃあいったん帰らせてもらうよ。皆、行くぞー」

そして、タクマと守護獣達の姿は、城の中庭から消えた。


コラル邸にやって来たタクマが辺りを見回していると、いくつもの小さな影が、声をあげながら突進してきた。

「おとーさーーーーん！」

「帰ってきたー！」

「おかえりー！」

小さな影達は、タクマに向かって突っ込んでくる。

「うおっ、ちょ、ぐあ！」

タクマは飛びかかられ、芝生に押し倒された。

「あたた……一体何が……」

タクマはぶつかってきた影達に目を向けて、ようやくその正体に気付く。腰や胸にしがみついて嬉しそうにしているのは、子供達だった。

突然の再会に驚きつつも、タクマは笑みを浮かべる。

「皆、ただいま」

子供達も、満面の笑みで返事をする。

「「「おかえりなさい！！！」」」

そう言ったあとも、子供達は嬉しそうにタクマにしがみついたままだ。

タクマがヴァイス達の方を見ると、彼らも同じような状況になっていた。子供達に抱きつかれ、口々に声をかけられている。

「ヴァイス達も、おかえりー」

「怪我ない？　元気？」

「ヴァイス達が怪我するわけないじゃーん」

「でも危ない所に行ったんでしょー？　心配だったんだよー」

守護獣達はもみくちゃにされながらも、嬉しそうに子供達の顔を舐めている。

タクマは身体を起こしつつ、子供達に尋ねる。

「だけど、皆どうしてここにいるんだ？」

すると子供達は一斉に理由を喋り始めた。タクマには何を言っているのか聞き取れない。

タクマが苦笑いを浮かべて子供達を落ち着かせようとしていたところ、聞きなれた声が響く。

「皆、タクマが恋しかったのよ」

タクマが声のした方を見ると、そこには夕夏が優しい笑顔を浮かべて立っていた。そしてタクマに、子供達がコラル邸にいる理由を説明してくれた。

「なるほど。俺と子供達にサプライズをしてくれたんだな」

納得したタクマは、改めて子供達を見回す。自分達をこんなに思いやってくれる家族がいると思うと、心から嬉しかった。

そこに、コラルの声がした。

「無事に戻ったようだな。まあ、心配はしていなかったが……」

タクマがコラルを見ると、コラルはとても楽しそうな表情をしていた。

タクマは子供達を引き連れたまま、コラルに報告する。

「戻りました。遠話でもお伝えしたように、ダンジョンでの目的も達成しました」

「うむ。まあ、そこら辺の話はあとで聞こう。今は子供達の相手をしてやるといい」

コラルはそう言って、屋敷の中へ戻っていった。

今度はコラル邸の使用人が、タクマに声をかける。

「タクマ様。食事の用意が整っています。皆様で召しあがってください」

使用人はタクマを庭に置いてあるテーブルに案内した。そこには子供達が作ったバーベキューがきれいに配膳されている。

「僕達もお手伝いしたんだよー！」

「お肉焼いたのー」

「私はお野菜切ったよー」

使用人は、子供達の言葉に頷いてみせる。

「皆さんがお手伝いをしてくださったので、私達は大助かりでしたよ」

タクマは子供達が準備したと聞き、驚いていた。そして子供達一人一人に感謝を伝えたあと、使用人にも言う。

「そこまで俺達に気を遣ってくれて、ありがとう」

「いえ、私達使用人も、子供達との触れ合いを楽しめました。それにしても、素晴らしい子供達ですな。皆素直ですし、料理が上手でした」

子供達がどんな風にお手伝いしたのかを使用人が語った。

子供達は得意げにタクマを見上げる。会えずに寂しい思いをした分、きちんとお手伝いできた事をたくさん褒めてほしかったのだ。

タクマは子供達の様子を見て、撫でてやりながら言う。

「皆、普段から家の手伝いを率先してやってくれるからな。慣れているんだよ、な？」

使用人はタクマ達家族の仲のいい姿を見て微笑む。

「なるほど……では、皆さん。久々の再会ですから、ゆっくりお食事をしてくださいね。私達は離れた所で控えているので、何かありましたらお呼びください」

使用人が下がっていったところで、タクマが子供達に声をかける。

「さて、せっかく皆で準備してくれたんだから食べようか」

タクマ達は席につくと、食事を始めようとする。

その時、突然タクマ達の目の前の空間が歪んだ。

タクマはとっさに声をあげる。

「皆、危ない！」

全員が息を呑んで、その場で固まった。

空間の歪みは徐々に広がり、人ひとり通れるくらいの穴ができた。

同時にナビゲーションシステムのナビが現れて、タクマに告げる。

「マスター、空間の歪みから魔力を感知しました。ですが、危険なものではないようです」

タクマはナビに促され、魔力を調べてみる。その魔力は、タクマの知っている相手のもののようだった。

タクマが皆に落ち着くように言うと、空間の歪みによる穴の中から、黒い影が出てきた。

それは大口真神に乗ったユキと、アークスだった。

タクマがほっとして警戒を解くと、大口真神が口を開く。

『タクマ、無事に戻ったようだな』

「ええ、無事に戻りました。しかし大口真神様、随分と機嫌がよさそうですね。いきなりこんな登場の仕方をするなんて」

タクマが呆れて言っても、大口真神は気にしない。

『うむ。子供達とお主の元気な顔が見たかったのでな。それから、お主の気配をこの地に感じたので、ユキを連れてきたのだ』

大口真神は、自分の背中に乗せたユキをタクマに見せる。

『この子だけタクマに会えんのはいかんからな。ちなみに、ここまで移動したスキルはユキのものだが、魔力は我がコントロールしているので彼女に悪影響はない』

ユキは大口真神の背中に乗ったまま、タクマに手を伸ばす。

「あーう！　だー！」

自分を忘れるなと言うようにアピールするユキを見て、タクマはにっこりと笑う。

「ユキ、ただいま」

タクマはそう言うと、ユキを抱き上げたのだった。

## 2　立会人からの報告

チコとルーチェは王城にいた。

パミルに謁見し、タクマ達のダンジョン攻略の報告を行っている。主な報告はルーチェが行い、チコは足りない説明を補足する。

パミルと宰相・ノートンは、それを聞いて微妙な表情をしていた。タクマと守護獣達の力が想像していた以上のものだったからだ。

今回のダンジョンは難関であり、王国軍があたっても、攻略どころか調査すら難しかった場所だ。それをタクマ達は、危なげなく攻略したという。

パミルは驚きをにじませて言う。

「まさか、こんなにあっさりと攻略してしまうとは……」

ノートンは困ったように口にする。

「さすがと言わざるをえないですな……しかし、これほど強いと懸念を持つ者も出てきそうです」

タクマはパミル王国の守護者になり、王都の防衛に手を貸す事を宣言した。しかし、これほどまでに力を持っていたのは想定外だった。パミル王国が抱えきれるのかという懸念を持たれる可能性がある。

　パミルがノートンに言う。

「ノートンの言う通り、自分達が制御できない力を持つ事に、恐怖を抱く者もいるだろうな……貴族の中にはタクマ殿の魔力による威圧を味わっている者もいるから、余計に恐怖心があるかもしれない」

　しかし、パミルは貴族達を説得できると考えていた。タクマは昔に比べ、人柄が穏やかになっているからだ。

　それにタクマのような力量の者が国のために動く時は、王国が存亡の危機にある時だと説明すればいい。普段から側に仕えるわけではないと分かれば、強い反発は起きないはずだ。

　パミルはノートンに、そう考えを話した。

　パミル達がひそひそと相談し合う光景を見て、ルーチェが問いかける。

「私達の報告で、王国でのタクマ様の立場が悪くなったりはしませんか？」

　ルーチェは自分達の報告のせいで、タクマに影響が出るのではと心配になったのだ。

　パミルがルーチェに答える。

「タクマ殿の人となりについて、私から貴族達に説明を行えば問題はないだろう。我々は一家で湖畔を訪れた事もあるので、説得力があるはずだ」

　チコとルーチェはそれを聞き、ほっと胸を撫でおろした。

パミルはノートンに声をかける。

「貴族への説得などの対応は、立会人達の報告が済み次第行おう。手配を頼むぞ」

「はっ。この報告会が終わり次第、貴族を招集します」

「うむ。では、次はルーチェの処遇についてだ」

パミルはそう言うと、ルーチェのダンジョンでのタクマに対しての言動に触れた。

二人が提出した報告書にはダンジョンでのルーチェの行動が正直に記してあった。ルーチェが自らの戒《いまし》めとして包み隠さずに書いたのだ。

ノートンが報告書を片手にルーチェに問いかける。

「報告書にはタクマ殿の邪魔をしてしまったとあるが、間違いないか？」

「はい。そこに書いてある事が全てです」

ルーチェはまっすぐにノートンを見て返事をした。

ノートンは、ルーチェの態度に覚悟を感じた。

ノートンは続ける。

「君はこの報告によって職を失う可能性もある。その事は分かっているのか？」

「もちろんです。覚悟のうえで正直に書いています。私は研究者です。公式な文書に嘘を書く事はできません」

目を逸らさずに答えるルーチェに、ノートンは内心で感心していた。ダンジョンに行くまでの彼女とは、大きく印象が変わっている。

「ほほう……分かった。これが終わったら私室で待機をするように。次に、チコだったか？」

チコはノートンに話を振られ、姿勢を正す。

「軍部から報告が上がってきたが、これは本当かね？」

「はっ！　先ほど軍を辞す手続きを行いました」

ノートンは困った顔をする。軍部からは彼がとても優秀な軍人であり、引き留めを頼みたいと言われていたのだった。

事務方でも引き留めをしたそうだが、頑として受け入れられる事はなかったという。

「君はとても優秀だと聞いている。そんな人材が抜けるのは国にとって痛手だ。何か不満があるのなら言ってくれないだろうか。私にできる範囲で解消できるように手を打つ」

チコは自分の評価が思いのほか高い事に驚いた。それだけでなく、宰相のノートン自らが問題に対処すると言ってくれている。

しかし、チコは恐縮しつつも、自分の意見を変えようとはしない。

「そこまで言っていただき、ありがとうございます。けれど、残念ですが軍に不満があるわけではないのです。私は自分のやりたい事を見つけました。だから軍を辞すのです」

ノートンはため息を吐きながら言う。

「そうなのか……参考までに聞いてもいいだろうか。君は軍を辞して何をするつもりなのだ？」

チコはタクマに話した事を、パミルやノートンに分かってもらえるように丁寧に話していった。

◇　◇　◇

一方その頃、タクマは子供達と一緒に賑やかな食事を済ませたところだった。

そのままコラル邸の客間に移動し、ゆったりと過ごしている。

子供達はタクマに会えてはしゃぎすぎたせいか、今はウトウトとまどろんでいる。

ちなみにヴァイス達は屋敷の中に入らず、広い庭で休んでいた。

タクマは子供達を見て呟く。

「さて……皆眠そうだし、早めに湖畔に送らないと……」

タクマが子供達を起こそうとすると、使用人が姿を見せて言う。

「タクマ様。コラル様から今日は皆様にここに泊まっていただくようにと仰《おお》せつかっております。子供達はゲスト用の寝室へ連れていきましょう」

コラルは最初から、子供達が疲れて寝てしまうだろうと予測していたのだ。

タクマも、気持ちよさそうにしている子供達を起こすのはしのびなかったので、お言葉に甘える事にした。

夕夏がタクマに声をかける。

「タクマはコラル様と話があるんでしょう？　子供達は私と使用人さんで連れていくわ」

「……悪いな。じゃあ、お願いしようかな。すみませんが頼めますか？」

タクマは使用人達に頭を下げる。

「もちろんです。お任せください」

使用人達も快く引き受けてくれたので、タクマはそのまま執務室へ向かった。


執務室のドアをノックすると、中からコラルの声がする。

「入ってくれ」

タクマが中へ入ると、コラルは書類仕事をしていた。タクマにソファに座って待つように言ってくる。

しばらく待っていると、作業を終えたコラルが、タクマの向かいのソファに腰かける。

「待たせたな、タクマ殿。では、王都に向かう前に、まずは私にダンジョンの報告を聞かせてもらってもいいだろうか。まあ、王都から立会人の報告について連絡が来ているから、同じ内容かもしれないが……」

「分かりました。順を追って報告しますね」

タクマはなるべく詳しくダンジョンの様子を話していく。

ダンジョンはタクマより先にヴェルドミールにやって来た日本人転移者・瀬川雄太《せがわゆうた》の作ったもの

だった。タクマがダンジョンを攻略した結果、タクマに所有権が移った。そのため、タクマが自由に難易度の変更を行えるようになったと伝える。

コラルは驚いたように言う。

「本当にあのダンジョンの難易度を変更できるのか？」

タクマが頷くと、コラルはますます驚いた。

タクマに攻略を頼んだダンジョンは、あまりに難易度が高く、軍の精鋭でも攻略できなかった。その難易度が自由に変えられるというのだ。

コラルはタクマに告げる。

「あのダンジョンの使い道は、国から君に一任されている。もし使い道があるのなら、君が決めて構わないそうだ」

「いえ、俺ではダンジョンを持て余してしまうと思います」

そう言ったあとで、タクマはある事を思いつく。

「……いや、待てよ。使えるかもしれない」

それはダンジョンの難易度を変更できるからこその使い道だった。

コラルは気になって、タクマに尋ねる。

「どうした？　何か思いついたのか？」

「実は、ダンジョンをうちの家族達の特訓に使えるかと思いまして……」

コラルはタクマの言葉を聞き、呆れてため息を吐く。

「君は私設の軍隊でも作る気なのか？」

タクマはきょとんとした顔で答える。

「いえ、そんなつもりはありません。ただ、うちには元暗殺者達が暮らしています。彼らが持っている戦闘技能を腐らせるのはもったいないでしょう。彼らが手に入れた技は、苦労のうえに得た財産ですから」

元暗殺者の者達が、万が一の時に戦闘技能を使えるよう訓練しておけば、タクマの家族を守る事ができるはずだ。

「それから、子供達の教育のために使えるのではないかと考えています」

子供達が将来どのような道を目指すとしても、危険な目に遭った時に対処できるよう、身体を鍛えて自分を守れるようにしておいた方がいいというのがタクマの方針だった。難易度を落として訓練すれば、子供達の実力を早く高められるだろう。

コラルはタクマの話を聞いて、みだりに戦力を高めるような目的ではないと納得した。しかし彼は、そのうえでタクマに注意を促す。

「なるほどな……だが難易度の選定はしっかりしないといかんぞ。そこを間違えば、命の危険に繋がるからな」

「分かりました。俺もその辺は注意をするつもりです」

ダンジョンの話が一段落ついたところで、タクマは若返りの秘薬について説明を始める。

パミルの計画通り、タクマはダンジョンで若返りの秘薬を手に入れていた。ヴェルドが用意してくれたのは、本物の若返りの秘薬と、それを元にしたダミーの若返りの秘薬だ。

本来、本物の若返りの秘薬は計画には不要なのだが、ヴェルドはダンジョン攻略を終えたタクマへの慰労のつもりで、本物も獲得できるようにしたのである。

タクマはコラルに、ダミーの若返りの秘薬を見せた。細長い瓶の中に、金色の液体が入っている。

コラルはうっとりとダミーの秘薬に見とれた。

「なんと美しい薬なのだ……」

タクマがコホンと咳払いをする。コラルは慌てて言う。

「すまんな……それでこの薬はどうやって使うのだ？」

「普通のポーションと同じで、そのまま服用するだけですね。コラル様、ザイン様、王妃様二人、パミル様という順番で飲んでいただこうかと思っています」

タクマがそう話したところ、コラルは表情を曇らせた。

「……タクマ殿、今になって気付いたのだが、この計画には問題があるかもしれない」

タクマが驚いていると、コラルが説明する。

「パミル様、王妃様のような王族や、我々のような貴族がいきなり献上された薬を飲む事は普通ありえない。騙されて毒を盛られてしまう可能性があるからな」

タクマはコラルの言葉を聞いて、合点がいった。

「俺も見落としていました。つまり、パミル様達にダミーの薬を飲んでもらい、謁見に集まった人々に若返りの原因は俺や神の力ではなく、薬の効果であると錯覚させるためには、毒見役が必要だという事ですね……」

「うむ。おそらくはどちらかでそういった者を用意する必要がある。先ほども言った通り、貴族がいきなり献上した薬を飲む事はない。なので、私やザイン殿のようなタクマ殿の知り合いの貴族では毒見役になれないのだ。貴族以外の者を新たに探す必要があるが、秘密を守ってくれる人間でなければならん」

タクマは思いついて提案する。

「アークスとか、既に若返っている俺の家族にダミーの薬を飲んでもらうというのはどうでしょう」

しかし、コラルは首を横に振る。

「謁見に来た貴族達を納得させるためには、彼らに信頼のある人物でなければ難しいだろう」

「……」

考え込むタクマの様子を見て、コラルも悩ましげに言う。

「人選が難しいな。どうしたらいいものだろうか……」

パミル、王妃達、コラル、ザインは既に若返っている姿を偽装で隠しているだけだ。だから服用するのはダミーの薬で問題ない。

しかし、それとは別に毒見役を立てるとなると、彼らには薬の効果を証明するために、本物の若返りの秘薬を使う必要がある。つまり、若返った人間が更に増えてしまうのだ。人選によっては、余計なトラブルを招きかねない。

コラルとタクマは、二人して考え込む。

沈黙がしばらく続いたあと、扉がノックされた。

「入れ」

コラルが言うと、扉が開く。

そこにはアークスが、申し訳なさそうに立っていた。

「失礼します。タクマ様、少しよろしいでしょうか？」

タクマが視線を向けると、コラルが頷く。

「構わんよ。煮詰まってしまっている事だし、休憩にしよう。アークスの様子だと大事な話のようだから、私は席をはずそう」

アークスは困った顔をする。

「申し訳ありません。そんなつもりではなかったのですが……」

「なあに、気にする事はない。私も少し小腹が減ったのでな。下で軽く食べているから、終わったら呼んでくれ」

コラルは笑って、心苦しそうな顔をするアークスの肩を叩く。そして、部屋を出ていった。

アークスはタクマにも頭を下げる。

「お邪魔してしまったようで、恐れ入ります」

タクマは問題ないと、首を横に振る。

「コラル様もああ言ってくれているんだ。ありがたく部屋を使わせてもらおう。で、どうした？」

タクマはアークスに、ソファに座るよう促す。

アークスはソファに腰かけると、話し始める。

「実は、ブロック様とエンガードご夫妻が、取り急ぎ相談したい事があるそうです」

ブロックは、タクマの商会の相談役を務めている人物である。一方、バート・エンガードとリアス・エンガードの夫妻は元商人で、今は学校など、タクマの仕事を手伝ってくれていた。

ブロック達が三人揃ってやって来た、それも直接会って話したいという事は、込み入った相談なのだろう。タクマはそう考えつつ言う。

「そうか……じゃあ、謁見が終わったらその足で……」

そこでタクマはふと、ある事を思いつく。

（そうだ、毒見役について、ブロックに相談すればいいのか！　彼なら口も堅いし、元商業ギルドの長だから信用もある！）

タクマは立ち上がると、アークスと共に、早速コラルの所へ向う事にした。

コラルは屋敷の一階で食事をしていた。

「どうしたのだ？　そんなに急いで」

「毒味役について、ちょっとアテが思い浮かびまして……」

タクマがそう言うと、コラルは注意した。

「そうか。タクマ殿が言うくらいだから、口の堅い者なのだろう。だが、その者にとっても重要な判断だろうから、無理強いはいかんぞ」

「もちろんです。しっかりと話をしてこようと思います」

「分かった。今から行くのだろう？」

タクマがコラルに向かって頷くと、タクマに代わってアークスが言う。

「ブロック様とエンガード様は、商業ギルドの会議室にいるそうです。私もご一緒します」

タクマはコラルに頭を下げる。

「では、コラル様。俺とアークスで交渉に行ってきます」

「ああ、慎重にな」

コラルに家族達を任せ、タクマはアークスと共に、空間跳躍でトーランへ移動した。

## 3　打診

タクマ達はすぐにブロック達の待つ商業ギルドへ向かう。

ギルドに到着すると、受付の女性が話しかけてきた。

「これは、タクマ様。ブロック様とエンガードご夫妻から伺っております。どうぞこちらへ」

ブロックは、タクマがいつ来てもいいように受付に話を通していた。

受付の女性に案内されて、タクマとアークスは会議室へ向かう。

受付の女性が、会議室のドアをノックする。

「ブロック様、タクマ様がお越しです」

すると、部屋の中からブロックの声が響く。

「おお、こんなに早く来てくれるとは。入ってくれ」

タクマとアークスは会議室へ入る。

そこには、ブロックとエンガード夫妻が和やかな雰囲気でソファに座っていた。

ブロックとエンガード夫妻も、事情を知っているタクマでなければ気付かない程度かもしれないが、数年ほど若返っているように見えた。彼らも結婚式に参列していたため、若返りの影響が出たのだ。

（ほんの少しだけど若返りの影響が出ているみたいだ。ならその理由を説明するのと一緒に、毒見役のお願いをしてみるか）

タクマがそんな事を考えていると、ナビが反応した。

（マスター、人柄からいっても、プロックさん達に頼むのはいい選択だと思います。ですが、おそらくこの三人には、若返りたいという望みはないのではありませんか？　皆さん、いい年の取り方をされていますから……）

タクマはナビの言葉に納得する。彼らはタクマの商会を運営するようになってから、本当にいきいきとしていた。

タクマとナビがそんな風に念話《ねんわ》をしていると、プロックが言う。

「タクマ商会長、よく来てくれたのう。まずは座って一服したらどうじゃ？」

タクマはプロックに促され、彼の隣に腰かける。

「それにしても、随分和やかな雰囲気だな。俺はてっきり、何かのトラブルで相談があるのかと思った」

タクマはまず、彼らの用件を聞く事にした。

タクマに振られて、プロックが口を開く。

「いやいや、トラブルではないぞ。相談というのはリュウイチ君の店についてじゃ」

リュウイチは日本人の転移者で、今は生産職をして暮らしている。

「リュウイチ君から、食事処琥珀《しょくじどころこはく》の一部を借り、彼の作ったアクセサリーを売りたいと言われたのじゃが……ちょっと提案があってのう」

プロックはそう言うと、タクマに尋ねる。

「商会長は、彼のアクセサリーを見た事があるかね？」

それからプロックとエンガード夫妻はリュウイチの技術を絶賛していった。

リュウイチの作品は食事処琥珀の片隅で売るにはもったいないほどの代物だそうだ。リュウイチが主に作っているのはアクセサリーなのだが、その美しさはプロック達でも今まで見た事がないレベルだという。

プロックは更に続ける。

「しかも、リュウイチ君のアクセサリーは、ただの装飾品ではない。魔道具なのじゃ」

リュウイチの作るアイテムには、色々な魔法が付与されている。タクマの家族達に魔法を使ってもらい、それを付与しているらしい。

「魔道具はシンプルで武骨なデザインというのが一般的じゃった。デザインがよくて機能的な魔道具は、これまでなかったのじゃ。しかし、リュウイチ君の作る魔道具は、機能を兼ね備えたうえで美しい。絶対に売れるはずじゃから、間借りせずに店舗を持った方がよいぞ」

プロックは断言した。リュウイチのアイテムは冒険者向けから、一般向けまで多様らしい。

「というわけで、儂らはリュウイチ君に店を持たせたいと思っておる。作ったアイテムも、かなりたくさんになってきたと聞いておるのでな。商会長にできるだけ早く許可がもらいたくて、アークス殿に伝言を頼んだのじゃ」

話を聞く限り、タクマも店を持つ事に異論はなかった。

タクマがすぐに許可を出すと、プロックは喜んで言う。

「おお！　では、早速動くとするかの」

プロックとエンガード夫妻は、顔を見合わせて嬉しそうにした。

「そっちの要件は、以上でいいか？」

タクマが聞くと、三人は頷く。

「そうか……じゃあ、今度は俺から三人に相談があるんだ」

タクマは話を始めようとしたものの、どう説明していいものかと考え込んでしまう。

「んー……」

プロック達三人は、タクマのただならない雰囲気に表情を変えた。

プロックが言う。

「商会長。なぜ言いづらそうにしているか分からんが、黙っていても話は進まん。我らはどんな事を話しても秘密は守るぞ」

タクマは少し気が楽になった。

そこで神々の祝福によって、結婚式にやって来たタクマの知り合いに若返りが起きていると説明した。

そして毒見役を誰にするかという問題についても、正直に話す。

プロック達三人は、タクマの話を静かに聞いてくれた。

タクマが全て話し終わると、バートが口を開いた。

「最近身体の調子がよく、まるで数年若返ったようだと話していたのですが、そういう理由があったのですね……」

プロック達三人は自分の見た目や体調の僅かな変化に気が付いていた。タクマの説明を聞いて、ようやく合点がいった様子だ。

プロックがタクマを見据えて言う。

「で、商会長はパミル様達にダミーの薬を飲ませるために、儂らに毒見役として本物を飲んでほしいというのじゃな？」

タクマがすまなそうに頷くと、プロックはあっさり了承する。

「なんじゃ。そんな事か。だったら儂は構わんよ」

エンガード夫妻も、同じように首を縦に振る。

三人が躊躇《ちゅうちょ》なく了承した事に、タクマは驚いた。

固まってしまったタクマを見て、プロックは穏やかな笑みを浮かべる。

「どうしたのじゃ？　そんなに驚く事かの？」

「い、いや……まさかこんなに簡単に承諾してくれると思ってなくて。今は若返ったといっても数年だけど、薬を飲んだら数十歳は若返るんだ。さすがに多少なり悩むものなんじゃないのか？」

タクマの問いかけに、三人は声をあげて笑い出す。

「全く……商会長にも困ったものじゃ」

「ええ、その通りです」

「私達がタクマさんの申し出を受けたのには、ちゃんと理由があるわ」

きょとんとしているタクマに、プロックが言う。

「商会長は知らぬだろうが、こんな事があったのじゃ……」

プロックはタクマの商会の相談役に就任した時、宿や食堂を運営するメンバーと顔合わせをした。その時、タクマの家族達からこんな言葉をかけられたのだ。

「プロックさん、私達はこの商会を、家族のような組織だと思っています。商会長であるタクマさんが親、働く私達が子です。一緒にタクマさんのもとで働く者として、プロックさんも家族だと思っています。だからプロックさんも同じように、家族の一員として、私達に力を貸してくださると嬉しいです」

プロックは笑みを浮かべる。

「あの言葉には感動したのう……共に働く者が家族だという考えは、儂にはなかった」

タクマはそれを聞いて、心が熱くなる。

確かにタクマは、一緒に働いている全員を家族だと考えていた。それを自分で口に出す事はなかったのだが、家族達も思いは同じであり、それをプロックに代弁してくれたのだと分かったからだ。

プロックは続ける。

「そもそも、儂がこの商会にやって来た理由じゃが……最初は、欲のない商会長が一体どのような商売を展開していくのか興味があったからじゃ。普通商売をする者は儲けたい、成り上がりたいといった野心を持って商人となる。だが、商会長は違うじゃろう？」

タクマが頷くのを見て、プロックも軽く頷きつつ言う。

「君が商会を興したのは、家族の自立のため、つまりは人のためじゃった。そんな商会長だからこそ儂は相談役として力を貸したいと思ったんじゃ。儂のような老人でも、助けになれればと思ってな。そして相談役になった儂を、商会の皆は家族として温かく迎えてくれた」

タクマの商会の一員となれた事が、プロックに大きな影響を与えていたのだ。

「だから儂は商会やそこで働く家族達を守るためならば、なんでもやろうと決心したんじゃ。聞いたところ、毒見役を必要としているのは、若返った家族達の秘密を守るためでもあるのじゃないか？　この老体で役に立つならば、一肌脱ぐぞい」

プロックに続くようにして、バートが言う。

「我々夫妻はタクマさんの心根に感謝しています。タクマさんはゴブリンから守ってくれたり、娘夫婦とのトラブルを解決してくれたりと、二度も救ってくれましたからね」

バートは話しながら、タクマとの過去を思い出していた。

「実のところを言うと、最初に会った時は、あなたに畏怖《いふ》を覚えました。もちろん感謝の気持ちはありましたが、怖さの方が勝っていたのです……どこか刹那的《せつなてき》な目をしていて、いつどうなってもいいといった危うさが感じられました。ですが、二度目に救ってくれた時、タクマさんは大きく変わっていました。目が全く違ってましたね。きっと家族ができたからなのでしょう」

リアスが付け加えるように言う。

「あの時はタクマさんの優しさに救われたわ。しかも家族として湖畔に住み始めたおかげで、孫のような存在ができて……普通に暮らしていたら、想像もできなかった事だわ」

エンガード夫妻はいつの間にか、二人して目に涙を浮かべていた。

バートはリアスに寄り添いながら、タクマに告げる。

「タクマさんだけでなく、タクマさんの家族も、私達にとてもよくしてくれました。皆さんの役に立てるなら、毒見役になるくらいどうって事はないです」

最後にプロックが言う。

「というわけで……我らは君の心根や、家族の温かさに感謝しておるのじゃ。何度も言うが、皆のためになるなら、喜んで協力するつもりじゃ」

「それに、若返ったらタクマさんの学校の事にも、もっと力を入れたいわ」

リアスがそう言うと、他の二人も楽しそうな表情を浮かべた。

三人はタクマの学校での教師役も務めている。多くの人が社会の荒波に呑み込まれないよう、知識を分け与えるのが役目だ。若返ったらより精力的に活動できるだろうと目を輝かせた。

タクマは三人の夢を黙って聞いていた。

すると、ナビが念話でタクマに話しかけてくる。

(マスター、いい人達と出会えましたね)

ナビの言う通り、自分は人に恵まれている。そうタクマは実感していた。

以前まで、タクマは人と関わると面倒事に巻き込まれる事と感じていた。しかし今では人の縁が大事だと強く思っている。

(ああ。俺は幸せ者だと思うよ)

三人が快諾してくれたので、タクマは頭を下げる。

「三人とも、本当にありがとう。助かるよ」

タクマの言葉に三人は顔を見合わせる。そして再び笑い声を響かせる。

「いいのじゃ。家族が協力するのは当然じゃろ?」

「そうですとも」

「タクマさん、頭を上げて。一家の長としての決断なのだから、気にしないで胸を張ってね」

それから話題は、移動の相談に移った。

毒見役をこなすためには、王都に移動する必要がある。

三人は王都にあらかじめ宿を取り、謁見の日取りが決まるまで過ごしたいと希望した。

「商会長はこれから色々と謁見の準備をするのじゃろう？　儂らは先に王都で待っていた方が、手間をかけずに済みそうじゃと思ってな」

ブロックの提案はもっともだったが、タクマはコラルに確認を取っておいた方が無難だと考えた。

「俺は助かるけど、ちょっとコラル様に聞いてみてもいいか？　謁見の段取りが決まった時に、どうやってブロックに連絡するかも考えないといけないし」

「では話している間に、儂らは王都へ旅立つ準備をしようかのう」

ブロック達三人はソファから立ち上がると、部屋を出て荷物を取りに向かった。

タクマは遠話のカードを取り出し、魔力を流してコラルを呼び出す。

『タクマ殿か。そちらの方はどうだった？』

コラルが応答したので、タクマは先ほどの出来事を説明した。

コラルは満足そうに言う。

『ふむ……ブロック元ギルド長と、エンガード夫妻か。その三人ならば適役だろう。三人とも、商人として貴族達に有名な御仁《ごじん》だからな』

タクマの所に来る前のブロックは、他の国にも名が知られるような商人だった。後進に地盤を譲ったあと、トーランのギルド長に収まった人物である。

エンガード夫妻の商会も、国内では有名だった。

『彼らが毒見役なら、謁見に来た者も信用するはずだ。それに人柄もできているから、本物の若返りの秘薬を飲んだとしても、みだりに情報を広めたりする事もないだろう』

コラルも納得できる人選だと考えている事を確かめたところで、タクマは伝える。

「毒見役が決まったので、相談です。三人は王都の宿で謁見の日まで待機したいそうです。構いませんか？」

『もちろんだ。宿については遠話を終え次第パミル様に連絡し、手配してもらおう』

続いて、コラルはそこからの段取りについて説明する。

『三人はタクマ殿の空間跳躍で、王都にある私の屋敷に送ってくれ。そこで待機してもらい、宿が決まり次第知らせるとしよう。謁見の日取りについても、王城から宿に連絡させる』

コラルがてきぱきと決めてくれて、タクマは安心した。

コラルは確かめるような様子で、タクマに尋ねる。

『ちなみにタクマ殿は彼らを送ったあと、トーランの私の屋敷に戻ってくるという事で問題ないか？』

「ええ、そのつもりです。謁見の日付が決まったら、コラル様と一緒に王都に向かいたいと思っています。その方が謁見中にどのように立ち振るまうかという相談もできると思いますから」

『なるほどな、承知した』

こうしてタクマは遠話を切り、呟く。

「さて、三人が来るまで待つか……」


しばらくすると、扉をノックする音が響いた。

タクマが返事をすると、大きめの鞄《かばん》を肩からかけたプロック達が入ってきた。

「待たせたかのう？」

「いや、それは大丈夫だけど……随分大きい荷物だな」

プロックは不服そうに言う。

「そこまで大きくもあるまい。最低限の身の回りのものと、謁見に着ていく礼服を取ってきたのじゃ。ここから王都に行く時は、普通もっと大荷物になるものじゃぞ」

プロックの言う通り、彼らの荷物は王都に行くにしては本当に少ないものだった。それなのにタクマが大きいと言ったのは、自分がいつもほぼ手ぶらで王都に行っていたからだ。

タクマはプロックの説明に納得した。

「なるほどな、礼服か……今まで礼服を持っていくとか、考えた事がなかったな」

プロック達が会おうとしているパミルは一国の王だ。普通であれば礼服で謁見する必要がある。

しかしタクマは誰と会う時も普段着だったので、礼服を着るという発想が抜け落ちていたのだ。

プロックは訝しげな顔をする。

「商会長、まさかとは思うが……パミル様と会う時、いつも普段着だったりせんよな？」

「いや、まあ……」

タクマは口ごもってしまう。

プロックはその様子から全てを察し、深いため息を吐いた。

「はー……全く。商会長の非常識さにはびっくりじゃ。しかもそれを指摘された経験もないとは……パミル様が寛大な方だった事に感謝するしかあるまい」

タクマは反省しながら口を開く。

「俺もうかつだったよ。今度の謁見の時は、礼服で行くようにする」

「うむ、それがいいじゃろう。以前までは個人として謁見に臨んでいたのかもしれんが、これからは商会を背負っている立場である事を忘れんようにな」

プロックは、タクマを心配して注意を与えたところで、王都に行ったあとの事を確認する。

「宿を取る事について、コラル様には話を通したのかの？」

タクマは三人に、コラルと話した内容を説明する。

「ああ、宿を手配してくれるそうだ。宿が決まるまでは、王都のコラル様の私邸で待機してほしいと言われた」

プロックは段取りを理解すると、タクマに告げる。

「では、早速行こうではないか。商会長は転移魔法を使うと聞いておるぞ。儂は楽しみにしておったのじゃよ」

プロックは子供のように目を輝かせていた。タクマの空間跳躍を体験するのを心待ちにしていたのだ。

タクマは苦笑いを浮かべた。

その後タクマは自分自身と三人を範囲指定し、空間跳躍を発動したのだった。

## 4　戻れない!?

一方その頃、ヴェルド達は湖畔の家にいた。

ヴェルド、鬼子母神、伊耶那美命の三柱で、お茶を飲みながらのんびりしている。彼女達が使っている湯飲みは、リュウイチのお手製の品だ。

「はー、本当にここは静かでいいですねぇ……」

「自然の中で、空気もおいしいです」

「何より、子供達がかわいいですしね！」

まるで自分の家にいるかのようにくつろぎながら、三柱は話を続けていた。

そんな三柱だが、人間界にやって来るとついつい浮かれて魔力を使いすぎてしまう事が多かった。

そのせいで結婚式のような大騒動を起こしてしまったという前科があるため、大口真神は三柱を戒めるべく、魔力を制限した人形の姿でのみ人間界に行けるようにしていた。

そうではあったのだが、反省した三柱は問題を起こさず大人しくしていたので、今は人形という制限は取りやめになっている。

というわけで今は三柱は人の姿を取っていたのだが、さすがにだらけすぎだと自覚している伊耶那美命が言う。

「できればここにずっといたいところですが……そろそろ帰らないとまずくないですかね？」

鬼子母神は憂鬱《ゆううつ》そうに返事をする。

「ええ。これ以上ここに留まりっぱなしでは、大口真神に怒られてしまうかもしれません」

そんな二人をよそに、ヴェルドはバリバリと音を立てて煎餅《せんべい》を食べ始める。

「でもユキちゃんを送っていった大口真神が戻ってくるまで、しばらくかかりそうじゃないですか？　もう少しゆっくりできそうですよねー」

伊耶那美命と鬼子母神は顔を見合わせる。そして、呑気なヴェルドに厳しい表情を向けた。

「ヴェルド神……私達は大口真神が帰ってくる前に、神々の空間に戻った方がいい気がしているんです。以前までは私達も子守りという仕事をしていましたが、今子供達はパミル邸に行っています。

つまり、私達はここでダラダラしているだけでしょう？」

「伊耶那美命の言う通りです。この状態を見られたら、大口真神にまたお説教されるに決まっています。それに、私達がやらかしさえしなければ、ここにはまたいつでも来られるでしょう？　これから湖畔に来やすくするためにも、大口真神からの心象をよくしておくのが大事ではないですか？」

ヴェルドは二柱の話を聞き、しぶしぶといった様子で言う。

「確かに、お二人の言っている事は正しいですね……分かりました。残念ですが今回の息抜きはここまでという事にしましょう」

お茶を飲み干すと、ヴェルドは立ち上がる。

鬼子母神と伊耶那美命はヴェルドの態度に苦言を呈したかったが、一応帰る気になってはいるので、触れないでおく事にした。


三柱は神々の空間に戻ると告げるため、ミカの所に向かった。

ミカはリュウイチの妻で、彼と同じく日本人転移者だ。

「あれ？　皆さんお揃いでどうされましたか？」

ミカは改まった様子の三柱を見て、不思議そうな顔をする。

「あっ、もしかしてお煎餅が足りなくなりましたか？」

お茶請けを探しに行こうとするミカを、三柱は慌てて止める。

そして、ヴェルドからミカに説明を始めた。

「実は、私達は神々の空間に帰ろうと思っているんです。子供達は今頃、タクマさんと再会しているでしょうし、そろそろ全員で湖畔に戻ってくるはずです。留守番の役割はもう終わったようなものかと……」

他の二柱も、ヴェルドの言葉に頷く。

ミカはそれを見て、意外そうな表情を浮かべる。

「まあ、てっきりここに移住したのかと……」

ミカは大口真神を含めた四柱が、ずっとここで暮らすのだと思い込んでいた。というのも、神達があまりに湖畔の生活に順応していたからだ。

三柱は顔を見合わせると、苦笑いを浮かべる。

「さすがにそこまで皆さんに甘えるわけにはいきません。それに、大口真神が絶対に許さないと思いますし」

できれば、ずっと居心地のいい湖畔に住み続けたいというのが三柱の本音だった。

しかし結婚式で調子に乗ってやらかしてしまった自分達の口から、そんな事を言い出す事はできなかった。大口真神を怒らせてしまい、ここへ来られなくなる可能性が高いからだ。三柱はそれだけは避けたかったのである。

ミカは三柱に同情するような調子で言う。

「確かに、結婚式での祝福は、大きな影響がありましたね……ですが、すごく盛り上がりましたし、タクマさんも楽しそうにされていましたよ」

三柱はそれを聞き、救われた気分になった。

三柱は自分達のせいでタクマに迷惑をかけてしまったと思い、負い目に感じてきた。しかしタクマも楽しんでくれていたと分かり、少しだけ申し訳なさが和らいだ気持ちになったのだ。

ヴェルドはミカに告げる。

「そう言っていただけて安心しました。ですが、今回は帰ろうと思います」

「分かりました。三柱の皆さんがお帰りになった事は、私がタクマさんに伝えておきますね」

「では、私達はこれでお暇《いとま》します」

ミカはすぐに戻ろうとするヴェルド達に声をかける。

「待ってください。さすがに神様をお見送りしないのは失礼にあたります。皆仕事をしているので全員は難しいかもしれませんが、来られそうな人を呼んできますね」

ミカは湖畔にいるメンバーを呼びに行った。

走っていくミカを見つめながら、ヴェルドが呟く。

「見送りしてもらうほどでもないと思うんですけどね。私が言うのもなんですが、最近は本当に何もせずにダラダラしていただけでしたし……」

鬼子母神は考えるようにしてから口にする。

「ミカさんはまじめな性格ですからね。見送りをしなかったら、家族の人達をまとめているタクマさんが礼を欠いた事になると考えたのでしょう」

三柱がそんな事を話していると、湖畔に残っている者達が集まってきた。

彼らの先頭に立っているミカが言う。

「お待たせしました。タクマさんは不在ですが、今集まった皆でお見送りしますね。ヴェルド様、鬼子母神様、伊耶那美命様。またのお越しをお待ちしております」

ミカは頭を下げる。他のメンバーも彼女にならってお辞儀をした。

それを見たヴェルドは、感慨深げに言う。

「皆さん、頭を上げてください。この湖畔に私達を快く迎え入れてくださり、本当にありがとうございます。これからもお邪魔させていただくと思うので、その時はまたよろしくお願いします……では、いったんこれで失礼しますね」

神々の空間に戻るために、ヴェルドは神力を行使しようとした。

ところが、なぜか移動する事ができない。

「……あれ、失敗しちゃった？　もう一度……」

ヴェルドはもう一度戻ろうと試みた。しかし、同じように失敗してしまう。

「なんで!?　もう一回！」

それから何度もやってみたが、ことごとく失敗してしまった。

ヴェルドは肩で息をしながら、鬼子母神と伊耶那美命の方へ顔を向ける。

鬼子母神と伊耶那美命は、ヴェルドが絶望的な表情を浮かべているのを見てぎょっとした。

ヴェルドは、搾り出すような声音で言う。

「か……帰れなくなっちゃいました……」

二柱は絶句した。

鬼子母神はヴェルドに食ってかかる。

「どういう事ですか、ヴェルド神⁉　帰れないって一体⁉」

伊耶那美命は、鬼子母神に落ち着くよう声をかける。

「慌ててどうするの！　まずはなぜ帰れないのか、原因を確かめないと……」

しかし鬼子母神だけでなく、ヴェルドまでがパニックになっていた。

「ど、ど、どうしましょう！　戻れなくなっちゃいました‼」

伊耶那美命は深いため息を吐いた。そして、このままでは埒《らち》があかないので、少々手荒だが、強制的に落ち着かせようと決める。

伊耶那美命は魔力を練り上げると、水球を作って二柱の頭の上に浮かべた。

伊耶那美命が指を鳴らすと水球が弾け、ヴェルドと鬼子母神はびしょ濡れになる。

「きゃっ！」

「ぶっ！」

水をかぶった事で、二柱はようやく我に返った。二柱は自分の言動が恥ずかしくなり、赤面しながら伊耶那美命に頭を下げる。

「取り乱しました。申し訳ありません……」

「私も謝罪します……」

二柱がなんとか落ち着きを取り戻したところで、伊耶那美命が提案する。

「慌てる気持ちは分かりますが、こんな時こそ冷静にならないと。これからどうするか一緒に考えましょう」

三柱は相談し合い、まずはミカに現状を伝える事にした。

伊耶那美命がミカに声をかける。

「先ほどは見苦しい所をご覧に入れて、すみません……」

ミカは困った様子で尋ねる。

「伊耶那美命様、一体どうされたのですか？」

ミカ以外の湖畔のメンバーも、ヴェルド達の様子を心配そうに見守っていた。

伊耶那美命は口ごもりながらも言う。

「実は、少し問題が起きてしまいまして……大変申し訳ないのですが、原因が分かるまでもう少しここに滞在してもいいですか？」

ミカはあっさり承諾した。タクマだったら許可するだろうと考えたのだ。

他の湖畔の住人達も同じように反応する。そもそも、皆ヴェルド達はずっとここにいるものだと思っていたので、無理に帰る必要はないというのが総意だった。

伊耶那美命は湖畔のメンバーに感謝しつつ、改めて頭を下げた。

「私達から帰ると言い出したのに、いきなりこんな事になって申し訳ありません」

そして見送りはもう必要なくなったので、今日は住人達に解散してもらった。

◇　◇　◇

三柱だけになったところで、伊耶那美命は表情を引き締め、二柱に向き直る。

「さて、帰れなくなった原因を突き止めなくては……」

ヴェルドと鬼子母神は、真剣な顔で返事をする。

ちなみに二柱は、神力ではなく魔力を行使し、先ほどの水球で濡れてしまった自分達の身体を乾かしていた。

「ヴェルド神。戻れない理由に、何か心当たりはありませんか？」

伊耶那美命の問いかけに、ヴェルドは少し考えてから口を開く。

「おそらく、神力の不足が原因だと思います。いくら神力を練っても、神々の空間に戻るだけの力にならないようなのです……」

冷静になって振り返ってみた事で、ヴェルドはそう気付く事ができた。しかし神力がなぜ不足してしまうかという問題の根本については、理由が分からないままだった。

困った表情を浮かべるヴェルドを見て、伊耶那美命も不安そうに呟く。

「一体、なぜ力を失ってしまったのでしょう？」

三柱は無言になり、全員で考え込んだ。

しかしいくら考えたところで、答えが出るわけでもない。

伊耶那美命は提案する。

「ここで黙り込んでいても仕方ありません。私達では分からない以上、大口真神に聞いてみるしかないのでは？」

鬼子母神はそれを聞いて頷く。

「……そうね、大口真神なら何か知っているかもしれないわ。そもそも、子守りのためにここに来ようと提案したのは彼だもの」

ヴェルドも手がかりが欲しかったので、二柱に賛成だった。

「怒られるかもしれませんが、大口真神にも報告するしかありませんね」

「では、私が代表で聞いてみましょう」

伊耶那美命はそう言うと、早速大口真神に念話を送る事にした。

（大口真神、聞こえていますか？）

伊耶那美命の問いかけに、すぐに大口真神から返事があった。

（伊耶那美命か？　どうしたのだ。我は子供達の面倒をみるのに忙しいのだが）

（それが、実はですね……）

伊耶那美命は自分達が神々の空間に帰れない事を大口真神に告白した。

しかし、大口真神は意外な反応を示す。

（やはりそうなったか。で、戻れないと何か問題でもあるのか？）

（ええ!?　そ、それは……）

伊耶那美命は驚きのあまり言葉を失った。

同時に、大口真神に言われた事をよく考えてみる。

伊耶那美命を含めた四柱は、本体を神々の空間に残し、分体を作って地上に降りている。本体は分体と意識を共有しているので、確かに大口真神の言う通り、神としての仕事を行うにあたって大きな支障はない。

（た、確かに問題はないのかもしれませんが……そもそも、なぜこんな事になったのでしょう？）

伊耶那美命は、大口真神に尋ねた。

ヴェルドはこの地に何度か顕現《けんげん》しているが、戻れなくなった事はないと言っていた。だからこそ、今回だけ戻れない理由が気になったのだ。

（少し考えれば分かると思うが……）

大口真神が呆れたように言う。

どうやら、戻れない理由に心当たりがあるようだ。そう思った伊耶那美命は大口真神を問い詰める。

（どういう事でしょうか？　もったいぶらずに教えてください！）

（おそらく、縁ができたためだろう。今まで我らが深く関わってきたのは、主に半戦神であるタクマだけだった。それが今回は、顕現した状態で子供達やタクマの家族達と交流し、このヴェルドミールの人間と深く繋がってしまった。それが我らをこの地に結びつける原因になったのだろう）

大口真神の言葉に伊耶那美命はハッとした。

大口真神達日本の神々は、タクマとの縁によってこの世界にやって来られた。それと同じように、ヴェルドミールで人との縁ができれば、そこに身体や意識が根づいてしまうのかもしれない。

大口真神は続ける。

（我も今試してみたが、神々の空間に戻れないのは同じようだ。こうなったら、我らの分体は湖畔に置いてもらうほかないだろう。この事は我からタクマにも話しておく。では、子守があるのでこれで切るぞ）

大口真神はそう言って、あっさり念話を終えた。

伊耶那美命はしばらく呆然としていた。

ヴェルドと鬼子母神は、痺れを切らして伊耶那美命に詰め寄る。

「ど、どうだったのですか？　原因は分かりましたか⁉」

「大口真神はなんと言っていたの⁉」

必死な様子の二柱に、伊耶那美命は先ほどの念話の内容を伝えるのだった。

## 5　プロックの考え

タクマ、プロック、エンガード夫妻は、空間跳躍で王都のコラル邸に到着した。

使用人によって客間に案内されたタクマ達は、コラルに言われた通り、王城から使いが来るのを待つ。

プロックは、タクマに改めて確認する。

「商会長。儂らは謁見の場で、商会長が手に入れたという薬を飲むだけでいいのじゃな？」

「ああ。そして薬を飲んだあとの姿をパミル王や周りにいる貴族達に見せてくれ。若返りの効果は見れば分かるから、説明の必要はない。体調とかを聞かれるかもしれないが、その辺りは正直に、感じたままを話してくれれば大丈夫だ」

プロックは自分なりにタクマの話を噛み砕いていく。

「儂らの役目は、毒見役だからのう。薬の効果を見せると共に、副作用がないと確認させればよいという事じゃな？」

「ああ、その通りだ。薬の効果を見せて、安全性を証明する。それが三人にしてほしい事だ」

謁見ですべき事がはっきりし、ブロック達三人は深く頷いた。

「ところで、商会長」

毒見役の話が一段落し、ブロックが切り出す。

「まだ王城から使いの者も来そうにないし、別の相談をしてもいいかのう？　商会の未来について、相談役として考えている事があっての」

特に急ぐ用事もないので、タクマはブロックの提案を聞く事にした。

ブロックは告げる。

「先日、商会はパミル王国の御用達《ごようたし》とされたじゃろう。ならば、トーラン以外にも支店を作り、販路を拡大していってはどうじゃ？」

タクマは腕組みをして悩む。

「うーん、でも俺は自分の好きな店を作って、そこで家族が働けばいいと思っているだけだからなあ。これ以上儲けを出したいとかは考えていないんだ」

「違うのじゃ商会長、決して儲けのためだけではないぞ。支店を作る事で、商会長の望みが実現できると儂は考えておるのじゃ」

プロックはタクマに自分のアイディアを説明していく。

「国が認めたのなら、どこに店を出そうとある程度の成功が約束されたようなものじゃ。ならば行く先々で商会の支店を作って、現地の者を雇用するのじゃよ」

プロックは更に続ける。

「このまま同じ土地だけで商売を続けていては、商会長や家族達が儲けるだけになりかねん。それでは周囲の人々の恨みを買ってしまうじゃろう？　儲けを使って色々な場所に支店を出し、その土地の人間を雇用すれば、おのずとよい評判も広がり、商会自体も潤《うるお》うというわけじゃ」

タクマは驚いて尋ねる。

「つまり支店を作った土地に、商会の利益を還元していくって事か？」

「その通りじゃ」

タクマはプロックの発想に感心した。

プロックは続ける。

「そうして商会を国中に広げつつ、今まで通り困っている人々を助ける活動をしていくのじゃ。商会長の事じゃ。支店を作るにしても、行く先々で恵まれない孤児や、不幸な家族を見れば黙ってはいられまい。支店を築いていけば、皆を引き取って商会で面倒をみる事もできるじゃろう」

今までのままのやり方では、救える数に限界がある。だから商会を大きくする事で、救える人を増やしていこうというのがプロックの考えだった。

「大体、これ以上湖畔の家族が増えては、商会長も目が届かんだろう。だったら、商会長や家族だけではなく、それぞれの支店で面倒をみるようにした方がいいと思わんか？　保護したのが子供であれば、商人に必要な教育を与えながら育てていき、大きくなった時に雇用する事もできる。彼らに生きるための力を与えられるというわけじゃ」

タクマは、プロックの話に深く頷く。

「なるほどな……確かにプロックの言う通りだ。そこまで考えてくれていたのか」

プロックは商会の利益だけでなく、今までのタクマの言動を踏まえたうえで、メリットのある活動の仕方を教えてくれたのだ。

「よし、分かった。プロックの言う通り、他の町に支店を作る事を考えてみるよ。せっかく異世界に転移してきたんだから、このヴェルドミールを見て回りたいと常々思っていたしな。旅をしながら支店を作るっていうのも面白い気がする。ただ、俺の性格上いきなり始める可能性もあるけど、それでも手伝ってくれるか？」

タクマは三人に対して、協力を願い出た。

かつては気軽な身の上だったので、勝手に旅を始めても問題なかった。だが今は守るべき家族や従業員がいる。もしも支店を作るとしたら、タクマは家を空ける事になるので、三人に手助けしてもらう事が不可欠だと考えたのだ。

三人はお互い顔を見合わせると、笑みを浮かべる。

「もちろんじゃよ。幸いにして、儂らはこれから若くなるのじゃからのう。若返ったあとの人生を使って、いくらでも商会長の手伝いができるわい」

プロックに続いて、バート、エリスがそれぞれ言う。

「若くなれば、色々できる事が増えるでしょうからな。タクマさんの手助けをするのが楽しみですよ」

「きっとますます多くの子供達がやって来るのでしょうね」

楽しそうに申し出を受けてくれた三人に、タクマは深く頭を下げてお礼を言うのだった。


しばらくすると、客間のドアを叩く音と共に、使用人の声が響く。

「皆様、王城から使いの方がいらっしゃいました。お通ししてよろしいでしょうか？」

タクマが返事をすると、使用人が王城の使者を案内してきた。

使者は丁寧に頭を下げ、タクマ達に挨拶をする。

「パミル王の使いで伺いました。プロック様、エンガードご夫妻を城下の宿へ案内いたします」

「うむ。ではエンガード夫妻、行きましょうかの」

プロック達は久々の王都が楽しみなのか、嬉しそうに席を立った。

タクマは三人を玄関まで送ろうと立ち上がるが、プロックがそれを遠慮した。

「ずっと離れ離れになるわけではないんじゃ。儂らの事はここでいい。それよりも、トーランで子供達が待っておるのではないか？　早く帰ってやるのじゃ」

「では、また謁見の間で会いましょう」

タクマはそう言って、部屋を出ていく三人の背中を見送った。

「さて、俺もいったん帰るか」

タクマは一人だけになった客間でそう呟くと、空間跳躍を使った。

◇◇◇

タクマはコラル邸の庭に戻ってきた。夜も更《ふ》けているので、屋敷の庭はしんと静まり返っている。

そこに使用人が一人だけ出てきて、タクマを迎える。

「タクマ様。おかえりなさいませ」

「ああ、ただいま。皆休んでいるみたいだな」

辺りは闇に包まれている。きっとコラルも眠ってしまっているのだろうとタクマは考えた。

使用人がタクマを気遣って言う。

「タクマ様も休まれた方がよろしいかと」

「そうだな……俺は庭で休憩してから寝るよ。君は先に休んでくれていい」

「分かりました。では、失礼します」

そう言って使用人が去る。

一人になったタクマが夜風に当たってぼんやりしていると――突然、大口真神が現れた。

「タクマよ、遅かったな」

タクマは驚きつつも言う。

「王城からの使いを待っていたので、ここに帰ってくるのが遅くなりました。大口真神様こそ、どうしたんですか？」

随分遅い時間だったので、タクマは大口真神が出迎えのためだけに待っていたとは思えなかった。

大口真神は気まずそうに切り出す。

「うむ、実は問題が発生してな。お前に許可を得なければならぬ事ができたのだ」

いつもは率直な大口真神が、言いづらそうにしている。

タクマが不思議に思っていると、驚くべき事を報告された。

なんと、大口真神を始めとした神々が、神々の空間に帰れなくなったという。

「……それって、大丈夫なんですか？」

タクマは心配して尋ねる。四柱が戻れない事で、世界に何か影響が出るのではないかと考えたのだ。

「ああ、ヴェルドミールや地球には全く影響はない」

大口真神の答えを聞き、タクマは少しだけ安心した。

大口真神は続ける。

「そんなわけで、我らは自力で戻る事ができなくなった。当面の居場所として、できれば湖畔に置いてくれるとありがたいのだが……」

すまなさそうに言う大口真神に、タクマは笑顔で応える。

「そんな事なら、俺は構いませんよ。世界に影響がないならずっといてもいいんじゃないですか？」

タクマとしては新しい住人が増えるのは大歓迎だった。大口真神達は家族とうまくやっているようだったので、断る理由もない。

むしろ今の状況で自分以外の所に行かれてしまう方が、トラブルになりそうで困ると思っていた。

大口真神はほっとした様子で言う。

「そう言ってくれるならありがたい。半戦神であるお主の力を借りれば戻れるかもしれんが、その代わり膨大な神力が必要となる。そうなれば、お主を弱体化させてしまう可能性があるのでな」

タクマはやってみても構わなかったのだが、大口真神達は居場所が確保できればひとまず問題ないようなので、あえて試みる事はしなかった。

大口真神は、改めてタクマに感謝する。

「ちなみに、我らもタダで置いてもらおうとは考えておらん。お主が留守にする時は、湖畔の周辺を守護しよう」

湖畔周辺のタクマの土地は、もともと守護獣達や配下のモンスター達が守っていた。更にヴェルド達の神力によって、湖畔のみならず、トーランの町全体が聖域化している。

　これだけで既に充分すぎる状態ではあるのだが、更に四柱が守りの結界を施してくれるとの事だった。

　タクマはそれを聞き、大口真神に感謝する。

「実はこれから、商会の支店を出すために旅をする予定なんです。だから湖畔を守護してもらえるなら、ありがたい事このうえないです」

　一方で、タクマはある事が気になってもいた。

「けど、大丈夫なんですか？　神力を行使したら、若返りの時みたいな大きな影響があるんじゃないでしょうか」

　大口真神は答える。

「それについては問題ない。ヴェルドミールに根づいた四柱の分体は、神力こそ本体に劣るものの、膨大な魔力を持っている。神力ではなく魔力を使って結界を施すから、世界に影響は出ない」

「なるほど……影響がないなら、ぜひお願いしたいですね。俺が留守にしている間は、どうしても心配ですし」

「うむ。そのくらいは任せてくれ。これから我らも、他の家族のようにタクマの世話になるのだ。できる限りの事はさせてもらう」

「とはいっても神様なんですから、あまり働かせるのも気が引けるというか……」

タクマが言うと、大口真神は首を横に振る。

「甘い。甘いぞ、タクマ。ヴェルド達を甘やかせばどうなるかは、よく分かっておろう。仕事をさせねば、だらけきった生活をするに違いない」

タクマはそう断言する大口真神を見て、苦笑いを浮かべる。

言われてみれば、家のリビングでダラダラとくつろぐ三柱の姿が目に浮かぶ気がした。

「確かに、大口真神様の言う通りかもしれませんね。では、ヴェルド様達の管理は任せてもいいでしょうか？　厳しい大口真神様が監督してくれれば、俺としても安心です」

「うむ、あの三柱の管理は任せておけ。また浮かれて何かしでかしそうになったら、我が止めよう」

相談が終わったところで、タクマはアイテムボックスからテーブルセットを取り出し、庭に設置した。

大口真神は、それを見て首を傾げる。

「部屋に戻るのではないのか？」

「まだ眠気もないので、少し晩酌《ばんしゃく》でもしようかと……」

「ほう、では我も付き合おうではないか」

タクマはアイテムボックスからウイスキーのボトルと、グラスを二個取り出す。そして片方のグラスを大口真神に手渡そうとした。

そこで、タクマは気付いた。大口真神は狼の姿をしている。グラスを出したものの、これで飲めるのだろうか。

タクマが悩んでいると、突然、大口真神の身体が青白く光り出す。全身が光で包まれると、身体の形に変化がしていく。なんと大口真神は、徐々に人の姿に変わっていった。

光が収まると、真っ黒な長髪を後ろで縛り、白の作務衣《さむえ》を着た姿が現れる。体型はいわゆる細マッチョと呼ばれるような、均整の取れた肉体だった。

人間態となった大口真神が言う。

「ふむ……この姿になるのは久々だが、人の姿も悪くない」

タクマは、今まで大口真神が人化できるとは知らなかった。

あんぐりと口を開けているタクマを見て、大口真神は悪戯に成功した子供のような笑みを浮かべる。

「どうした？　神である我には、人化などたやすいのだ。これでお主と酒を酌み交わす事ができるな」

大口真神は、タクマの向かいにドカッと座る。

タクマはどぎまぎしながら言う。

「ま、まあ、そうですね。これで一緒に飲めますね……」

「言っておくが、あの三柱にはこれだぞ？」

大口真神はそう言って、人差し指を口元に立てる。

タクマはそのポーズを見て、なんだか気が抜けてしまった。

酒を飲むためだけに人化するなんて……と思わないでもなかったが、今更そこに突っ込んでも仕方ないと思い直し、大口真神のグラスにウイスキーを注ぐ。

「ほほう。これがウイスキーか。前々から飲んでみたかったのだ」

酒が好きな大口真神は嬉しそうな様子だ。

タクマと大口真神はウイスキーが注がれたグラスを持って乾杯する。

「では、これからもよろしくお願いします」

「我らを迎え入れてくれて感謝する。こちらこそ、よろしく頼む」

こうしてタクマと大口真神はしばらくの間、月夜の下で酒を楽しんだのだった。


そのあとタクマは、夕夏と子供達が泊っているゲスト用の寝室に向かった。部屋に入ると、子供達は既に眠っていた。ベッドの上でくっついている姿は、実に微笑ましい光景だった。

なお、子供達の人数が多いため、タクマが寝るスペースはなかった。タクマは部屋の中にソファを見つけ、そこに横になる。

「あまり長居をしてもコラル様にも悪いし、そろそろ子供達は湖畔に連れて帰らないとな。明日には謁見の日取りが決まるといいんだが……まあ、とりあえず寝るか……」

タクマはそう呟きつつ、眠りについたのだった。

◇　◇　◇

翌朝、タクマは誰よりも早く目が覚めた。三時間ほどしか眠っていないはずだが、気持ちよく起きられた。

「ふう……久々に屋根のある所で寝たな……」

タクマは両手を伸ばしながら庭に出ると、そこにいる守護獣達と合流する。

ヴァイス達は、思い思いに庭を駆け回っていた。タクマがストレッチをしながらその様子を眺めていると、コラル邸の中から使用人が出てくる。

「タクマ様、おはようございます。お早いですね」

「ああ、おはよう。そっちこそ早いな」

タクマは使用人と他愛のない会話を交わす。

会話が一区切りつくと、使用人が言う。

「運動をされている最中に申し訳ないのですが、実はコラル様がお呼びなのです。執務室に向かっていただけますでしょうか」

コラルはタクマ達よりも早く起き、既に仕事をしているとの事だった。

タクマは心配になり、使用人に尋ねる。

「コラル様、働きすぎじゃないのか？」

「私達もコラル様のハードワークは気にかかっていました。ですがコラル様にお聞きしたところ、疲れはあっても体調はいいそうです。もし体調不良になられる事があれば、強制的に休んでいただこうと考えています」

使用人たちはそのつもりで、コラルの顔色が悪くないか気を付けて見ているという。

「そうか。なら問題ないのかな……で、俺は執務室へ行けばいいんだな？」

「はい。お願いします」

タクマはヴァイス達に屋敷の中へ戻ると伝える。彼らはこのまま庭で遊びながら、子供達が起きてくるのを待つとの事だった。


タクマが一人で執務室へ向かうと、コラルは机の上の書類にサインをしているところだった。

「すまんな。もう少し待っていてくれ」

コラルは、まだ手が空かない様子だ。

タクマがしばらく待っていると、ようやく区切りがついたようだった。

コラルが執務机を離れ、タクマのいるソファにやって来る。

「すまない。呼び出したのに待たせてしまったな」

「いえ、俺は平気です。それよりも働きすぎではないですか？」

コラルは笑みを浮かべ、胸を張って言う。

「大丈夫だとも。若返ってからというもの、疲れていても多少なら無理がきくようになったのだ。ありがたい効果だよ」

タクマはコラルが思ったより平気そうな事に安心しつつも、念のため注意を促す。

「だからと言って、あまり無理するのはよくないですよ。使用人も心配していましたし、適度なところで区切りをつけてくださいね」

コラルはタクマの言葉に、笑いながら頷く。

「そうだな、気を付けるとしよう。それよりも、タクマ殿を呼び出した理由なのだが……謁見について、日取りが決まったので知らせたくてな」

謁見の日時は明日の昼だった。本来、謁見を申し出ても数日待たされるのが常なのだが、今回は計画を実行するため、優先して順番をくり上げてくれたのだという。

ちなみに計画では、結婚式に参列した影響で大幅に若返ったパミル、王妃二人、コラル、ザインの五人にダミーの薬を飲ませ、目くらましの煙が出ている最中に偽装のネックレスを外して、薬によって若返ったように見せかける事になっている。

なお、王都に滞在しているブロック達にも、謁見の日時は連絡されたそうだ。

コラルは続ける。

「毒見役を設けた事は、パミル様も話してある。謁見が円滑に進めば、毒見役の三人が若返りの秘薬の効果を証明したあとで、私とザイン殿がダミーの薬を服用して偽装を解き、次にパミル様と王妃様達……という流れになると思う。ただし、順調に進めばの話だがな」

タクマはコラルの話しぶりを聞いて、何やら懸念を抱いているように感じた。

またタクマ自身も、謁見について不安があった。

「若返りの秘薬を見て、混乱が起きないといいですが……たとえば欲に目がくらむ貴族が何人もいれば、パニックになりそうです」

コラルはタクマの言葉に相槌を打つ。

「本当にな。欲に駆られて暴走し、その場で奪いにかかるような馬鹿はおらんと思いたいものだ……」

タクマはコラルの話を聞き、謁見に集まる貴族への対策を講じる必要があるかもしれないと考えた。

タクマの実力をもってすれば、一般人である貴族に若返りの秘薬を奪われる事はないだろう。しかしリスクがある以上、用心するに越した事はない。そう思い、タクマはコラルに提案する。

「もしも貴族が暴走するような事があれば、俺がなんとかします。ダンジョン攻略の報告も兼ねているので、ヴァイス達も同行させるつもりですし」

もしタクマがヴァイス達に謁見での警戒を任せるつもりなら、貴族の暴走よりも、貴族が無事で済むかを心配しなければならないだろう。コラルはそう考えて苦笑いを浮かべる。

「タクマ殿。万が一の事態が起きたとしても、やりすぎはいかんぞ」

コラルは相手が貴族である事を考えて行動するようにと、タクマに忠告した。

「分かりました。うまく対応します」

「さて、話はこんなところだ。ちなみに明日の謁見には、私とザイン殿、タクマ殿で城まで行く事になる。そのつもりでいてくれ」

「ええ、問題ありません」

コラルとの話を終え、タクマは執務室をあとにした。

そのまま屋敷の客間に移動すると、そこでは子供達がタクマを待ち構えていた。タクマは子供達に囲まれ、楽しい一日を過ごしたのだった。

## 6　謁見

謁見の当日がやって来た。

目を覚ましたタクマは、いつも通りヴァイス達と一緒に庭で運動する。今日は久し振りに再会したユキも一緒だ。

タクマは抱っこしたユキに話しかける。

「湖畔みたいに大自然ってわけではないけど、ここの庭も気持ちいいだろ？」

タクマは芝生の敷き詰められた庭に、ユキを下ろしてやった。

ユキは嬉しそうな様子で、ヴァイス達を追いかけ始める。

「だいー！」

ヴァイス達は一生懸命ついてくるユキの姿を見て、彼女の動きに合わせてゆっくりと歩いている。

タクマは傍らでその様子を見守りながら、いつもより念入りにストレッチを行った。今日は一日肩のこるような仕事が待っているからだ。

しばらく経ったところで、タクマはユキの方へ目を向ける。

「よし！　身体もいい感じにほぐれたし、皆のいる客間に行くか」

するとユキは遊び疲れた様子で、庭に寝そべるゲールにくっついたまま眠っていた。

「朝から全力で遊んだんだな……」

タクマはユキを抱き上げると、応接室に向かった。

そこでは起きてきた子供達が、皆で朝食をとっていた。

その中には夕夏もいた。彼女はタクマに抱っこされて眠っているユキを見て、笑顔になる。

「ユキったら、はしゃぎ疲れたみたいね？」

「ヴァイス達と遊ぶのが大好きなんだろうな」

先に食事を終えていた夕夏にユキを預けると、タクマは子供達と一緒にテーブルについた。

子供達は少し寂しそうな表情で、タクマに話しかける。

「ねー、おとうさん。今日はお仕事？」

「そうだ。だけど今日頑張れば終わると思うから、ちょっと我慢してな。なるべく早く帰ってくるから、いい子で待っていてくれ」

タクマがそう言うと、子供達は口々に返事をする。

「うん、分かったー」

「僕達いい子にしてるー」

「ユキちゃんと一緒に遊んでるね！」

子供達と話しながら、タクマは食事を終えた。そして、謁見に備えた服装に着替えるために移動する。

タクマがアイテムボックスから取り出したのは、日本にいた時に仕事で着ていたスーツ一式だ。

プロックの忠告に従って、謁見には正装で向かう事にしたのだ。

「ヴェルドミールでの正装を用意してもいいが、俺はこっちの方がいいな」

タクマはそう呟きながら、久しぶりのスーツに袖を通す。着慣れているスーツは、しっくりと身体になじんだ。靴も革靴に履き替えたところで、客間に戻った。

そこにはタイミングよく、コラルとザインが揃っていた。

「お二人とも早いですね」

タクマが挨拶すると、コラルとザインはタクマの方を見て驚いた顔をした。いつもはパミルに会う時も普段着のままのタクマが、身なりを整えていたからだ。

ザインはタクマの服装をまじまじと見つめる。

「ちゃんとした格好も似合うではないか。あまり見ないデザインだが、君の故郷の服なのか？」

「ええ。故郷ではこれで商談をしていました。俺は商人でもあるので、故郷の慣習に従うならこの格好が一番いいかなと思いまして……ダメですかね？」

タクマの問いかけに、コラルが答える。

「別に問題ないだろう。この国の貴族のような豪華な正装をしても、タクマ殿には違和感があるだろうしな。そのくらい地味な方がいいと思うぞ」

こうして三人は謁見のために出発する事になった。

タクマは夕夏と子供達にいってくると声をかけ、庭に出てヴァイス達と合流する。

子供達は皆で客間の窓から顔を出し、タクマ達を見送った。

「いってらっしゃーい！」

「早く帰ってきてねー！」

タクマは子供達に笑顔で手を振り返す。

そして魔力を練り上げ、王都にあるコラルの屋敷へ空間跳躍する。

タクマ、コラル、ザインが王都にあるコラルの別邸の庭にやって来ると、そこには既に使用人が待機していた。

「コラル様、おかえりなさいませ。王城からの馬車がお見えです」

タクマ達が使用人について歩いていくと、屋敷の門の前に豪華な装飾の馬車が待っていた。

馬車の側に控えていた王城の使者が、タクマ達に深々と頭を下げる。

「タクマ様、コラル様、ザイン様。お迎えにありました」

豪華すぎる馬車に、タクマはぎょっとする。しかし文句を言っても仕方がないので、そのまま馬車に乗り込んだ。

守護獣達は全員が小さいサイズになり、タクマやコラル達の間に大人しく座る。

馬車が進み始めたところで、コラルがザインに言う。

「いよいよ我らの偽装を解く時が来たな」

コラルは嬉しそうな表情だ。

若返った姿を周囲に隠し続けてきたので、その状態から解放される事が嬉しいのだろう。そうタクマは感じた。

一方で、ザインは不安げに言う。

「だが、今回の謁見には奴が来る」

するとコラルも表情を曇らせた。

タクマは二人の様子を見て尋ねる。

「どうされたんですか？」

「先ほど屋敷でザイン殿から聞いたのだが……今回の謁見で、ある貴族が問題を起こしそうなのだ」

コラルの言葉に、ザインも頷く。

コラルの言う貴族は、いつも口癖のように「若くなりたい」とボヤいているのだという。そして若さに繋がると言われる薬があれば、金に糸目をつけずに集めているらしい。

タクマは不思議に思って更に聞く。

「だけどパミル様は、なんでその貴族も謁見に招いたんですかね？」

タクマからすれば、そのような危険人物を謁見に参加させる意味が分からなかった。

今回の計画は、パミル達の若返りを安全に公開できるように考えられたものだ。わざわざリスクを大きくする必要があるとは思えない。

すると、ザインが小声で言う。

「これはパミル様からタクマ殿にも伝えるよう言われたのだが、あえてその貴族を招き、泳がせようという心づもりらしいのだ。今回の謁見では騒動が起きるやもしれん」

問題視されている貴族は、若返りを求めるあまり手段を選ばず、悪行にまで手を染めている噂がある。しかし今のところ、表立って処分できるほどの証拠は見つかっていない。

だが貴族が欲しがっている若返りの秘薬を見せつければ、奪い取ろうとしてなんらかの行動に出る可能性が高い。

衆人環視の場でそのような暴挙に及べば、処分する理由を作れる。それがパミルの思惑だとの事だった。

(どうやら今日は、長い一日になりそうだな……)

その話を聞いて、タクマはため息を吐いたのだった。


タクマ達が王城に到着すると、まずコラルとザインがパミルに呼び出され、先に謁見の間に向かった。

残されたタクマと守護獣達は、使用人によって控室に案内される。

そこには報告を終えたルーチェとチコが待機していた。

「ヴァイス君達も来たのね」

守護獣達の姿を目にしたルーチェは、そう言ってヴァイスの頭を撫でた。

ダンジョンではタクマの邪魔をしたルーチェを警戒していた守護獣達だが、今はルーチェとも打ち解けている。もともと好意を向けてくれる人間に構われるのは大好きなので、大人しくルーチェに撫でられていた。

タクマとチコは、その様子を見守りながら話を始める。まずはチコがどのような報告を行ったのか、タクマに告げた。

報告が無事に済んだと聞いて、タクマが言う。

「そっちは片付いたみたいだが、謁見の方は無事に終わらないかもしれなくてな」

チコは首を傾げた。

「どういう事でしょうか。詳しく聞いてもいいですか？」

「そうだな。お前には話しておいてもいいか。まずは、これを見てくれ」

タクマはアイテムボックスから本物の若返りの秘薬を取り出し、チコの目の前に置いた。

「……これは？　何やらとても貴重そうですが……」

チコはおそるおそる秘薬に手を伸ばす。

「これは若返りの秘薬だ」

「はあ……はあ!?　若返りの秘薬!?　な、なぜそんな薬がここに!?」

チコは出していた手を引っ込めると、タクマにすぐしまうよう懇願した。

「別に触ってもいいんだけどな」

秘薬を片付けるタクマを見て、チコは何かに気付いたような表情をする。

「もしかして、この薬はダンジョンで手に入れたのですか？　今私に見せたという事は、今日の謁見にこの薬が関わってくるという事だと思いますが……」

「そうだ。実は王様への土産《みやげ》にしようと思ってな」

タクマはチコに若返りの秘薬を手に入れた本当の理由は明かさないでいた。

だがチコはタクマの素振りから、若返りの秘薬によって謁見に波乱が起きそうだと察した様子だった。

「貴族達に秘薬を見せれば、欲深い者は何をしでかすか分かりませんね」

チコの言葉に、タクマは頷いてみせる。

タクマの表情を見て、チコは探るように言う。

「……もしかして、タクマ殿はあえてそれをしようとされているのですか？　いえ、謁見という公式な場ですから、タクマ殿が独断でそのような事をするとは思えません。ならば他の貴族や王も、この考えに賛同されているのでしょうか」

「さすがだな、チコ。俺はパミル様から直接聞いたわけじゃないが、これを機に危険な貴族を処分したいという考えらしい。特に何をしてくれと頼まれたわけじゃないが、乗りかかった舟だから、俺もそれに協力しようかと考えてるんだ」

タクマはチコの洞察力に感心しつつ言う。

そして今更ながら、チコが自分の所で働いてくれる事に感謝を覚えた。チコのような察しのいい人間がいれば、王国との渡りもうまくつけてくれるだろうと思えた。

タクマはチコに、馬車での会話の内容を話した。

パミルが危険な貴族をこの機会に処分しようとしていると聞いて、チコは心配そうな顔をする。

「不届きな貴族の処分は、うまくいくかもしれませんね。しかしそれ以外の貴族だって大人しくしているとは思えません。何しろとても貴重な代物ですから、入手方法や手段について、タクマ殿をしつこく追及する者もいそうです」

チコはタクマへの影響を真剣に案じていた。

そんなチコをよそに、タクマはなんでもない事のように口にする。

「謁見の時に、秘薬はダンジョンを最初に攻略した者限定の報酬で、謁見に持ってきた分で尽きたとはっきり伝えるつもりだ。そうすれば食い下がるような奴はいないと思っているよ。貴族の一部は俺の怖さを分かっているし、パミル様も俺に手を出さないよう強く言ってくれるはずだ」

タクマは自分に無礼を働いた貴族達を、以前の謁見の際に黙らせた事があった。チコはその時のタクマが、貴族達にトラウマを与えたという話を聞いていた。

だとすれば、貴族達はいくら若返りの秘薬に興味があっても、タクマを怒らせるような事をしようとは思わないだろう。チコはそう納得した。

「話は分かりました。ただ薬を強奪する者が出たとして、どのように取り押さえるつもりでしょうか。タクマ殿の正当防衛だったとしても、相手は貴族です。もし怪我などをさせれば、タクマ殿の立場が危うくなるのでは？」

チコは、タクマが乱暴な手段を取らないか案じていた。

「直接手を出さなくても方法はあるからな。チコは実際に体験したから分かるだろう？」

タクマはそう言って、ルーチェと戯れているヴァイス達に視線を向けた。

チコはタクマが、守護獣達の魔力による威圧の事を言っているのだと理解した。

「ああ……確かにそれなら物理的に傷つく事はありませんね」

チコは威圧を受けた事があるので、恐ろしい目に遭うであろう貴族に少しだけ同情を感じてしまった。

タクマとチコの話が終わったところで、ちょうど使用人が扉をノックした。

「皆様、謁見の準備が整いました」

タクマは席を立ちながら、ルーチェに声をかける。

「ルーチェ、俺達の話は聞いていたか？　威圧を使う事になるかもしれないから、気を付けてくれよ」

ルーチェは苦笑いを浮かべる。

「威圧は何度か受けたので、どうにか耐えてみせます。ですがもし使うとしたら、ちょっとだけでも手加減してくださいね」

こうしてタクマ達は、全員で謁見の間へ向かうのだった。

## 7　若返りの秘薬

謁見の間の前に着くと、案内人が立ち止まる。

「ここでしばらくお待ちください。時間が来たら扉が開きますので、そのタイミングで入室をお願いします」

そう告げると、案内人は下がっていった。

そのうち扉がゆっくりと開かれ、部屋の中からパミルの声がした。

「タクマ殿、そして二名の立会人は中へ」

謁見の間の内部の扉付近には、コラルが待機していた。コラルは、タクマ、ルーチェ、チコの三人をパミルが腰かけている玉座の前に連れていく。

玉座は謁見の間の中でも、一段高い所に備え付けられていた。その左右に設けられた席に、二人の王妃が一人ずつ座っている。

タクマ達のあとを、守護獣達がついていく。彼らは貴族への対策として、子供の姿から本来の大きさへ戻っていた。

玉座の前まで来ると、コラルは床に膝をついて頭を下げる。

ルーチェとチコも、コラルにならって頭を下げた。

しかし、タクマは会釈をするだけに留めた。これはパミルが前回の謁見の時、タクマは対等な立場であると宣言したからだ。

謁見の間には、国中の貴族達が集まっている。だがタクマの行動を見ても、不敬だなどと声をあげる者はいなかった。

その理由は以前の謁見で貴族達がタクマの怖さを知ったからでもあるが、守護獣達が威圧を発しながら周囲を警戒していた事も大きかった。

全員がお辞儀を終えて頭を上げると、パミルが口火を切る。

「タクマ殿。ダンジョンの攻略、ご苦労であった。タクマ殿から報告が聞きたいのだが、頼めるだろうか？」

タクマは頷く。

「パミル様には既に立会人の二人が報告したと思いますので、俺は謁見に来ている皆さんに向けて、大体の流れを話す感じでいいでしょうか」

パミルが頷いたので、タクマは早速は話を始めた。ダンジョンの攻略はほとんど守護獣達が行い、タクマはボス戦でしか戦っていないと伝えていく。

パミルはほぼ同じ内容を立会人の二人から聞いていたが、信じられずにタクマに問いかける。

「タクマ殿、従魔達はあくまでタクマ殿を補助する存在ではないのか？　ダンジョンのモンスターは強く、軍でも調査できないレベルだったのだぞ」

タクマは守護獣達の方に目を向けながら答える。

「ヴァイス達は一般的な従魔とは違います。彼らは自分の意思で一緒にいてくれる相棒のような存在なんです。それにどの守護獣も、一頭で国を落とすくらいの実力はあります。だからヴァイス達を、俺のおまけのように捉えないでください」

「な、なるほど……心に刻んでおこう」

パミルは、タクマとは絶対に敵対してはいけないという思いを新たにした。そして、謁見の間にいる貴族達に告げる。

「お前達も忘れるな。今のタクマ殿はよき隣人だが、彼の家族や仲間に手を出せば、強大な力の矛先は我々に向くのだからな」

恐れをなした貴族達は一斉に深く頷いた。

◇　◇　◇

しかし、貴族達の中に一人、違う考えを持つ者がいた。

（ええい、報告などどうでもいい！　ダンジョンの報酬を献上すると噂に聞いたから、わざわざやって来たのだ。どうやら私が長らく求めていたアイテムらしいからな。それをさっさと出さん

か！　うまく王をやり込めて、全て奪ってやるからな）

その貴族は、ギラギラとした目でタクマを見つめる。タクマはパミルと話をしているので、自分に気付くはずがないと考えていたのだ。

しかし、タクマの傍らに控えているヴァイスは、その貴族の存在を見逃さなかった。不穏な気配を察知し、貴族を睨みつける。

（!!　なんだ、あの恐ろしい狼は！　まるで私を噛み殺そうとしているかのような目をしている！）

貴族は普段本性を見せず、善良な人間であると装っていた。しかしダンジョンの報酬が若返りのアイテムらしいと耳にしてから、欲望を抑える事ができなくなっていた。アイテムを奪い取ろうと企み、今か今かと待ち構えている。

ちなみにこの噂は、パミルが貴族をおびき寄せるために故意に流したものだ。

話がなかなか進まず、貴族は苛立ちを募らせていた。

（全く、王にも困ったものだ。あのような獣を野放しにしているとは……献上品を奪ったあとは、あの獣達も処分させてやる）

◇　◇　◇

「……以上が、ダンジョン攻略の流れです。何か気になる点はありましたか？」

しばらくして、タクマがパミルへの報告を終えた。

「ルーチェとチコから受けた報告と大きな違いはないようだな。私から質問はない。今まではあまり知られていなかったが、ヴァイス達が優れた実力の持ち主である事が証明されたと思う。どうだ皆の者、何かタクマ殿に聞きたい事はあるか？」

貴族達は何も言わず、謁見の間は静まり返っている。

タクマは貴族達の表情を窺う。ほとんどの貴族は、タクマのみならず守護獣達も大きな力を持っていると知り、恐れをなした様子だ。

しかし、その中にたった一人だけ、雰囲気の違う者がいた。

タクマにはすぐ、その男がコラル達の言っていた危険な貴族だと分かった。

(ふーん。尻尾を出さない奴だと聞いていたのに、バレバレじゃないか)

タクマはその男から視線を外し、あえて挑発的な言葉を口にする。

「パミル様、実はダンジョンで非常に珍しいアイテムを手に入れました。献上したいと考えているのですが、その前に一つお聞きしてもいいでしょうか？」

パミルはタクマの様子から、ダミーの薬を飲む計画を実行に移そうとしているのだと気付いた。同時にタクマの素振りから、もう一つの計画にも考えを巡らせる。

若返りを求めている貴族の存在については、ザインを通してタクマに伝えてもらっている。その事は、謁見の準備の際にザインから確認済みだ。

しかし貴族の処分は王国内の内輪の事情なので、パミルはタクマに助力の依頼はしていなかった。

それにもかかわらずタクマは、周囲の貴族を見回し、何かに気付いた様子で献上の話に移った。

パミルはこの事から、タクマが貴族の処分にも協力してくれるのだろうと察した。

パミルはニヤリと笑みを浮かべ、タクマに聞き返す。

「ほう、なんだ？」

「若くなりたいと考えた事はありますか？」

タクマの言葉を聞き、周囲の貴族達が一斉に騒ぎ出す。

「若返りだと!?」

「まさか、ダンジョンの宝にそんなものが……」

貴族達は動揺し、ざわついていた。

そんな貴族達の行動を、ザインが制する。

「静まらんか、馬鹿者ども！　まだタクマ殿の話の途中だろう。それに、ここをどこだと考えている？　パミル王の前だぞ」

貴族達は我に返った様子で狼狽《うろた》える。

「も、申し訳ありません……」

「取り乱しました。すみません」

「タクマ殿、話を遮ってしまい申し訳ない。どうか続けてくれ」

ザインの謝罪を受けて、タクマは続けた。

「遮られてしまったのでもう一度繰り返します。パミル様、もし若返る事ができるなら、若返りたいですか？」

パミルは難しい顔をし、考え込むふりをする。

若返りの秘薬を飲む流れにするため、答えは決まっている。

しかしすぐに返答をしては、他の貴族達に怪しまれると考えたのだ。

しばらく間を置いてから、パミルは口を開く。

「……そうだな。率直に答えるとするなら、若返りたい」

「理由はありますか？」

タクマに問いかけられ、パミルは答える。実はこのような質問に備えて、若返りたい理由を事前に用意していたのだ。

「現在我が国では様々な振興計画を進め、変化の時を迎えている。国の改革は大きな仕事であり、次の世代までかかるような事業もある。だが私は、どの事業も自分の手で成し遂げたいと思っている。だから若返る事が可能なら、必ずや私の代で改革をやり遂げてみせる！」

パミルは拳を振いながら熱弁した。

コラルやザインを含めた貴族達は、呆気に取られてパミルを眺める。パミルに対して、これほど熱く語る人物だというイメージがなかったからだ。

パミルの様子は、タクマから見ても真に迫っていた。

（普段の様子だと、すごく残念な人というイメージだが……こういう姿を見ると、王なんだという感じがするな）

タクマの考えに、ナビが念話で応える。

（そうですね。それに、彼の言動には嘘がないので、強い印象を与えるのだと思います。嘘をついている者特有の、魔力の揺らぎがありませんから）

嘘をついている者や、やましい事がある者を、ナビは魔力から判別できる。パミルにはそういった特徴が出ていないとの事だった。

若返りたいというパミルの言葉を受けて、タクマは話を再開する。

「分かりました。では若返りの秘薬について説明させてください」

タクマが謁見の間にいる人々に告げたのは次のような内容だった。

若返りの秘薬は、ダンジョンを最初に攻略した者だけに与えられる報酬であり、今後は二度と手に入らない。また今回の謁見で、持参した全ての秘薬を献上する。だから若返りの秘薬が世に出回る事はない。自分も若返りの秘薬を手に入れようとして、混乱を起こさないようにしてほしい。

「……少し話が逸れましたね。では、本題に入ります」

タクマはそう言うと、アイテムボックスからダミーの薬を一本取り出した。

「これが若返りの秘薬です。パミル様には色々とお世話になったので、献上させてください」

タクマの説明を聞き、貴族達は静まり返っていた。ダミーの薬も本物の若返りの秘薬と同じ見た目をしているので、その美しさに見とれている者もいる。

パミルは秘薬を自分の所に運ぶようザインに指示するが、彼は首を横に振った。

「パミル様、あなたにこのまま薬をお渡しする事はできません」

「む、なぜだ?」

「謁見の慣習を無視してはなりません。謁見者が献上を行った場合、パミル様に渡る前に鑑定を行う決まりになっています。いくらタクマ殿からの献上品とはいえ、いきなり直接王が受け取るというのは危険すぎますからな」

「ふむ……タクマ殿。すまないが鑑定させてもらってもよいか?」

パミル、王妃達、ザイン、コラルの若返りの当事者達、そして宰相のノートンはタクマがダミーの薬を献上するという計画を知っている。だからパミルとザインがもったいぶっているのは、謁見の間にいる貴族達に怪しまれないための芝居である。

「ええ。もちろんです」

事情を知っているタクマは、二人がわざと知らないふりをして演技する様子についい笑いそうになるが、ポーカーフェイスを装うのだった。

# 8　鑑定と暴走

しばらくすると、王城の鑑定士が謁見の間に現れた。タクマは彼を見て、研究者のような印象を受けた。顔色が青白く、痩せている姿が不健康そうだ。

「し、失礼いたします……」

緊張した面持ちの鑑定士は、謁見の間の張り詰めた空気に呑まれて声が震えていた。

鑑定士の頼りない態度に、タクマは不安を覚える。

(頼むから、面倒を起こさないでくれよ……)

タクマはそう願いつつ、玉座の方へ歩みを進める鑑定士の姿を目で追う。

鑑定士の男が玉座の前に跪《ひざまず》いたところで、パミルが声をかける。

「よく来てくれた。来てもらったのは他でもない。鑑定してほしいものがあってな」

「は、はい。それが私の役目です。何を鑑定すればいいのでしょう?」

「うむ。そこにいるタクマ殿が持っている薬だ」

パミルに言われて、鑑定士はタクマの方に目線を向ける。

「ひい!」

タクマを見た瞬間、鑑定士は情けない声をあげて尻餅をついた。

「ば、化け……」

「馬鹿者！」

パミルは鑑定士の言葉を遮るように大きな声を出す。

「お前がタクマ殿に何を感じたのかは想像がつく。だが、この場で言っていい言葉ではないぞ」

鑑定士がタクマの異常なほど膨大な魔力を感知し、恐れをなした事はパミルにも理解できた。だが驚きのあまり不用意な言葉を口にしようとしたので、厳しい表情で諭す。

「も、申し訳ございません！　タクマ様の強大な魔力に触れ、驚きのあまりつい……！」

鑑定士は顔面蒼白になり、タクマに向き直ると必死な様子で頭を下げる。

「タ、タクマ様、どうかご容赦を……」

タクマは鑑定士が緊張しないよう、穏やかに語りかける。

「大丈夫ですよ、何度も言われている言葉ですし。それにしても、あなたは魔力の大きさを感じる事ができるんですね。正確な鑑定ができるようで安心しました」

鑑定士はタクマが怒っていないと分かり、少し落ち着いた様子で喋り始める。

「実は私は昔から魔力を人一倍感じやすく、先ほどはタクマ様の魔力に当てられてしまいました。ですが私がひどい発言をしかけたのは事実です。改めて謝罪いたします」

頭を下げる鑑定士に、タクマは好印象を持った。失言はしかけたが、それを認めて謝罪できる人物だと分かったからだ。

タクマは腰を抜かしたままの鑑定士に手を差し出す。

「驚かせてすまなかったな。俺はタクマ・サトウ。今回鑑定してもらう薬を持ち込んだ者だ」

「私はゼブラと申します。王宮の鑑定士です」

ゼブラはタクマの手を借りて立ち上がってから、丁寧に挨拶を返した。

パミルは二人の様子を見て、周囲に宣言する。

「タクマ殿が謝罪を受け入れてくれたので、今回の失言によるゼブラへの処分はなしとしよう」

貴族達からの反対も特になかったので、パミルは話を進める。

「さて……では、ゼブラよ。鑑定を頼む」

「分かりました。タクマ様、薬をお預かりしてもよろしいでしょうか？」

ゼブラはタクマから薬を受け取り、魔力を目に集中させる。そして手にした薬を目の前に持ち上げ、鑑定を行った。

「ムムム……な!?　ま、まさか、これは……」

調べ始めてすぐに、ゼブラは驚きの表情を浮かべた。確かめるように何度も薬を凝視する。

「そんな……こんなものが実在するのか!?　いや……鑑定のスキルに間違いはないはず……」

タクマはゼブラの反応が若干不安になった。

（なあ、ナビ。もしかしてダミーの薬だとバレたのか？）

タクマの念話に対し、ナビが返事をする。

(バレる事はないはずです。以前私達もダミーの薬を鑑定しましたが、マスター以外が鑑定した際には、本物の薬と同じ鑑定結果が表示されるとありました。おそらく鑑定士の彼は、若返りの秘薬というレアアイテムが存在する事実が信じられないのだと思います)

タクマは改めてゼブラの様子を窺う。

鑑定を終えたゼブラは、初めは片手で持っていた薬を大事そうに両手で持っていた。

貴重なアイテムを手にしているという気持ちの変化によるものだろうと、タクマは理解する。そしてナビの言う通り、バレていないのだと判断した。

「お、終わりました……」

ゼブラがそう言うと、早速パミルが鑑定結果を尋ねた。

しかし周囲に結果を報告しなければいけないのに、ゼブラは震えながら訴える。

「パ、パミル様……鑑定結果を申し上げる前に、このアイテムを返させてください。もし落としたらと考えると、生きた心地がしません……」

ゼブラの言葉に、貴族達は息を呑んだ。ゼブラの態度だけで、本物であるという鑑定結果が予測できたからだ。

パミルも芝居ではあるが、周囲の様子に合わせて驚いたように言う。

「そ、そうか……では、タクマ殿。その薬はいったん君が持っていてくれるか?」

ゼブラがタクマの前に来て、預かっていた薬を渡す。

「ふう……これで安心して話ができます」

ゼブラは薬を手放した事で、心底ほっとした表情を浮かべた。

「では鑑定結果を申しあげます。タクマ殿が持ち込んだ薬の正式な名称は、若返りの秘薬です」

アイテムが本物だと分かり、謁見の間がどよめく。

その瞬間、タクマは不穏な気配を感じた。

（この気配は……）

タクマはすぐに、気配の出所を突き止めた。そして速やかに魔力を練り上げ、気配を発している男の周辺に簡単な結界を施す。すると結界の効果で、嫌な気配が途絶える。

気配に気付いたのは、タクマだけではなかった。謁見の間にいる全員が、先ほどこの場を覆った異様な気配を感じて動揺していた。しかし原因までは分からないようで、狼狽えている様子だ。

謁見の間がざわつく中、タクマは視線を感じた。見ると、コラルがこちらに目線を送っている。

コラルの手は上着のポケットに入っていた。タクマはその様子から、コラルが遠話のカードでタクマに伝えたい事があるのだと悟る。すぐにナビに言って、遠話のカードを起動してもらった。

タクマは周囲に気付かれないようにコラルと会話する。

『コラル様、どうしたのですか？』

『今の嫌な感じはなんだ？　すぐに空気が戻ったが、タクマ殿のおかげか？』

コラルは、タクマが異変に対処した事に気が付いていた。

タクマはコラルに原因を説明する。

『気配の原因は、ある貴族でした。おそらく若返りを求めている者というのは奴の事ではないでしょうか。今は結界を張って押さえています』

『分かった。処分する貴族について、タクマ殿にはっきりした情報を与えていないのに、よくやってくれた。協力に感謝する。しかし奴がそのような気配を出すとは妙だな……ちなみにどの男だ？』

コラルに聞かれて、タクマは目で合図する。

コラルは貴族の姿を確認し、問題の人物で間違いないと断言した。

『想定していた形とは違ったが、尻尾出したようだな。これで処分のために動けるかもしれん。タクマ殿、そのためにもう少し協力を頼むぞ。まずはここに集った人々に事態が分かるよう、今起きた事を報告してくれ』

こうして二人は遠話を終えた。

タクマは周りに聞こえるように、パミルに向かって言う。

「パミル様、この謁見の間で異常が発生したようです。先ほど皆さんが感じた気配ですが、殺気のこもった危険なものでした」

タクマが説明すると、貴族達は動揺した。パミルを護衛するため、慌てて玉座の周りに集まる。

貴族達が全員パミルの前に並ぶと、謁見の間の中央には人がいなくなる。

そこに一人だけ、うずくまったまま動かない者が取り残されていた。

皆がそれに気付いたところで、タクマは話し始める。

「パミル様、あれが気配を発していた者です。先ほど結界を施して押さえつけたので、動く事ができないのです」

パミルはうずくまっている男に呼びかける。

「ナーブよ、なぜこのような事をしたのだ。何か申し開きがあるなら言ってみよ」

パミルが話すように促しても、ナーブは黙ったままだ。

パミルの盾となっている他の貴族達が、一斉に騒ぎ立てる。

「おい！　パミル様の言葉が聞こえんのか！」

「どういうつもりだ！」

「不敬だぞ!?」

しかしナーブはまだ口を開かない。

パミルは怪訝そうにしながら、再度呼びかける。

「どうしたのだ。聞こえておらぬのか？」

突然ナーブの口が歪んだのがタクマの目に映った。

（まずい！）

そう思ったタクマは、急いでヴァイス達に指示を出す。

「この場にいる皆を守れ！」

ヴァイス達は即座に魔力で盾を作り、周囲の人々の防御を固める。

それと同時にナーブの魔力が膨れ上がり、タクマが張っていた結界が壊れた。

「うがあ！」

獣のような雄たけびと共に、ナーブが俯いたままゆっくりと立ち上がる。謁見の間にはナーブから溢れる、邪悪な魔力が充満し始めた。

ナーブが顔を上げたのを見て、タクマはぎょっとした。

「おいおい……」

ナーブの目の周りがどす黒く染まり、人とは思えないような風貌と化している。

「そ、そ、その薬を、よこせ……」

ナーブは異様な雰囲気を身にまとい、タクマに近付いていく。

危険を感じたパミルは、思わず声をあげる。

「タクマ殿！」

しかしタクマには、ナーブに対峙するだけの余裕があった。守護獣達が守りを固めているからだ。

ナーブの様子を探ってみようと考えたタクマは、パミルに落ち着くようアピールする。

「俺は大丈夫です。少し待っていてもらえますか」

タクマはナーブに語りかける。

「ナーブ、聞こえているか？　様子がおかしいようだが、今自分がどこにいて、何をしているか分かっているか？」

「ううう……うるさい……それをよこせぇ……」

タクマが質問しても、会話が成立しない。ナーブは邪悪な魔力を発しながら、タクマに向かってきた。

埒が明かないと考えたタクマは、危険がないよう魔力を練り上げ、改めてナーブに強力な結界を施した。

そのうえでナーブがまとう雰囲気の原因を突き止めるため、彼を鑑定する。

鑑定結果は、次のように表示された。

**名前：ナーブ**
**年齢：62**
**状態：悪魔憑《あくまつ》き、魔力暴走**

「……悪魔憑き？」

見慣れない単語を目にしたタクマは、思わず声に出して読んだ。

それを聞いたザインが、ぎょっとした様子で言う。

「いかん、タクマ殿！　鑑定結果が悪魔憑きだというなら、その男はもう人間ではない！」

ザインの説明によると、悪魔は心を食らう存在なのだという。心を食われた者は人間からモンスターのように変化してしまうのだ。

貴族の様子がおかしかった原因が悪魔であると知って、タクマは驚いた。

「……救う方法はないんですか？」

「ない。悪魔憑きの暴走を止めるには、処刑してしまう以外の手段がないのだ。教会の司祭による最上位の浄化を行っても、元の人間に戻す事はできなかったからな」

ザインはそう言って顔を歪ませた。

## 9　タクマの切り札

タクマは念話でナビに質問する。

（なあ、ナビ。ザイン様は救えないと言ったけど、もしかしたら悪魔を引きはがせるんじゃないか？）

タクマにはナーブを元に戻すある手段を思いついていた。

タクマの言葉を聞いて、ナビは助言を与える。

（パミル王にその方法を申し出てみてはどうでしょう？　パミル王はナーブを処断したいようでしたが、そのために証拠を集める必要があると言っていました。もし悪魔を引きはがせるなら、そちらを選ぶはずです）

タクマはパミルに進言する。

「パミル様。ご相談なのですが、俺にナーブの事を任せてくれませんか？　奴を倒さなくて済むかもしれません」

パミルはタクマの提案に首を傾げる。

「ザインの話を聞いただろう。悪魔憑きは倒すしかないのだ」

「ええ。分かっています。ですが、俺に考えがあるんです」

タクマは以前、邪神の欠片《かけら》の浄化を行った事があった。

邪神の欠片の影響を受けた者は、完全に邪神と一体化してしまう。このため浄化を行うと欠片と一緒に塵《ちり》となってしまい、救う事はできなかった。

しかし、悪魔憑きという状態であればなんとかできるかもしれない。タクマはそう考えていた。

というのも、邪神の時のように人間と悪魔が完全に同化していたなら、鑑定結果は悪魔憑きではなく、悪魔となるはずだからだ。

まだ悪魔憑きと表示されているなら、完全に同化には至っていない。つまり、人間から悪魔を引きはがせるかもしれないのだ。

パミルはタクマの言葉に耳を傾け、悩んでいる様子だ。

「ふむ……タクマ殿の話には一理あるな。しかし、悪魔を引きはがすといっても、具体的にどうするのだ？」

「俺が悪魔憑きの浄化を試してみようと思います。今まで悪魔憑きを浄化で救えなかったのは、スキルのレベルが低かったのが原因かもしれませんし」

タクマは危険な状況にもかかわらず、笑みを浮かべていた。その様子を見たパミルや貴族達は、少しだけ緊張がほぐれるのを感じる。

その場の意見を代表するように、ザインが口を開く。

「パミル様、ここはタクマ殿にお任せしてはどうでしょう。我々が悪魔憑きに対処しようとすれば、ナーブを処刑してしまう以外に方法がありません。しかしそれでは、ナーブにつきまとう悪行の噂について、真偽を確かめる術《すべ》がなくなってしまいます」

ザインは周囲を見渡し、他の貴族達が同意を示しているのを確認しつつ続ける。

「それにそもそも、ナーブが若返りの秘薬のために暴走したのは悪魔に憑かれたせいだったのかもしれません。はっきりさせるためにも、タクマ殿に託してみるのはいかがでしょう」

パミルはザインの言葉に深く頷く。

「そうだな。ナーブを救える可能性があるなら、タクマ殿に任せた方がいいか。それにタクマ殿の浄化の力がどれほどのものか、この目で確認するいい機会だ。皆の者、それでよいな？」

貴族達から反論は出なかったので、パミルはタクマにこの場を預ける。

タクマはパミルに問いかける。

「これから浄化を行うのですが、一つだけ道具を出してもいいでしょうか？」

パミルはすぐさま構わないと答えた。

許可が出たところで、タクマはアイテムボックスからあるものを取り出す。

出した途端、そのアイテムは喋り始めた。

『外だー!!　よう、タクマ！　今回は前より出してくれるのが早いな！　いつもこのくらいの頻度で外に出してくれよなーって……あれ？』

大声を出したのは、天叢雲剣《あめのむらくものつるぎ》だ。

天叢雲剣は王都が邪神に支配された際、瘴気《しょうき》を祓《はら》うアイテムとして、タクマがヴェルドに渡されたものだ。実物の天叢雲剣ではなく、その時に作られた本物のコピーである。ちなみに意思があり、会話ができる。

パミル達は喋る剣を目にして、驚きのあまり硬直してしまう。

タクマはこめかみを押さえる。

「お前な、少しは空気を読んでくれ」

『ん、なんだ？　ただ外気に当ててくれただけじゃねーのか！　また俺を使う機会が来ちまったようだな』

天叢雲剣はすぐに自分が必要になった理由を理解した様子で言った。

パミルは天叢雲剣を見て、顔をこわばらせている。

「タ、タクマ殿……そのアイテムは一体……？」

天叢雲剣はタクマが何か言う前に、自己紹介をする。

『お、なんか偉そうなおっさんだな。おっす！　俺はタクマの切り札として生まれた天叢雲剣だ、よろしくな！』

パミルは困惑しながらも、なんとか言葉を返す。

「わ、我はこのパミル王国の王でパミルという。こ、今回はよろしく頼む」

やる気満々な天叢雲剣は、早速タクマにアドバイスを始める。

『そんなややこしい事をやるには、魔力の細かい制御が成否のカギになるぜ。だけどお前の力は強大すぎるからな。ちゃんとやれるのか？　今までみたいに外から切って浄化するような方法じゃや、悪魔憑きの奴を生かしたまま助けるのは無理だ』

「外からの浄化が無理……？　言ってる事がよく分からないが、つまりどうするんだ？」

天叢雲剣が説明する。

『悪魔は人間の身体の内部の深い場所に取り憑くから、外からは引きはがすのは無理って事だ。悪魔だけを引きはがすには、お前の魔力をアイツの体内に流して浄化する必要がある。ただし魔力が小さければ悪魔はダメージを受けないし、逆に大きすぎれば……』

「そうか、俺の魔力に耐えきれず……」

タクマはその先を想像し、思わず顔を歪める。力の制御を誤れば、ナーブの死という最悪な事態を招くのだと理解した。

そんなタクマの様子はおかまいなしで、天叢雲剣はあっけらかんと続ける。

『そう、耐えきれずにアイツの身体が崩壊するってわけだ。それだけ悪魔憑きってのは厄介なのさ。何度も言うようだが、力が小さすぎてもダメ。大きすぎてもダメだ。しっかり魔力を調整してくれよな』

タクマの能力でも、そこまで細かい魔力のコントロールを行うのは困難だ。しかし、タクマは慌てなかった。魔力に関しては、守護獣達と同じくらい頼れるパートナーがいるからだ。

(ナビ、制御はできそうか？)

タクマは早速、ナビに確認する。

(既にやっているところです、マスター。悪魔に憑かれたナーブが耐えられる魔力の大きさを計算できました。マスターが練りあげた魔力が必要な量に達したらお知らせし、失敗のないようにフォローしますね)

ここまで黙ってタクマと天叢雲剣の話を聞いていたパミルが、心配そうにタクマに言う。

「タクマ殿、今回の浄化がどれだけ難しいのか、その天叢雲剣が話してくれたので分かった。本当に頼んでいいのか？　失敗した場合、君に重荷を背負わせてしまうだろう」

「そうですね。難しいのは確かそうですが、きっと大丈夫だと思います。俺にはこの天叢雲剣もありますし、他にも頼れる切り札が存在していますからね」

タクマはナビを思い浮かべながら言う。そしてパミルを安心させるように笑みを浮かべた。

パミルはタクマの表情を見て、ふっと息を吐く。

「その顔から察するに、タクマ殿には成功の確信があるようだな。だったらこれ以上引き留めて、迷いを生むような事は言うまい」

パミルは改まった様子でタクマに告げる。

「パミル王国の長として、君に依頼させてくれ。ナーブから悪魔を引きはがし、浄化を頼む。そして奴がした事を人間として追及できるようにしてくれ」

パミルはそう言い終わると、タクマに頭を下げた。

王が頭を下げたのを見て、貴族の一部は難しい表情をする。しかし彼らは、パミルに睨まれて何も言う事ができなかった。

「分かりました。その依頼、お受けします」

タクマはそう返事をすると、ナーブに向き直る。

「さて……こうやって正式な依頼として引き受けた以上、浄化の失敗は許されないな」

気を引き締めるタクマに、天叢雲剣は煽《あお》るように言う。

『そうは言っても、成否のキモはタクマなんだぜ？　大丈夫か？』

タクマは不敵な笑みを浮かべる。

「俺には最高の支援をしてくれるナビがいるんだ。この世界に来てからずっと一緒に過ごしてきたんだぞ。コンビを組めば絶対に負けないさ。お前こそ、俺の魔力に耐えられないって泣くなよ」

ナビもタクマの言葉に反応し、誇らしげに言う。

（私とマスターが揃えば、失敗などありえません。心配なのはあなたの方です）

天叢雲剣も負けずに言い返す。

『ははは！　タクマの馬鹿みたいな魔力に耐えられるのは俺だけだっつーの！　それにお前らは気が付いていないだろうが、邪神の一件以降、俺も成長してるんだぜ。制御されたタクマの魔力なら、きっちりと耐えられるさ！』

タクマと天叢雲剣の緊張感のないやり取りを、謁見の間にいる貴族達はポカンとして見守ったのだった。

## 10　浄化開始

タクマは周囲に呆れられているのを感じ、咳払いをした。そしてナーブの浄化を行う前に、パミルに提案する。

「パミル様。できれば安全のため、避難してほしいのですが……」

タクマはそう言ったのは、万が一浄化が失敗した場合に王であるパミルを守る必要があると考えたからだ。

しかし、パミルは言う。

「すまんが、それはできん。我が王国の貴族が当事者なのだからな。その対処をタクマ殿に依頼したというのに、見届けずに済ますのは無責任というものだ」

パミルは真剣な表情で続ける。

「王である私が安全な所で結果だけを聞くわけにはいかない。タクマ殿やヴァイス達には負担をかけるかもしれんが、どうか見届けさせてほしい」

パミルの言葉に、周囲の貴族達も頷いた。

その様子を見て、タクマは彼らも事の顛末《てんまつ》を見守るつもりなのだと理解した。

タクマはため息を吐く。これ以上何か言っても、パミル達は譲らなそうだ。

「……分かりました。ただし、その場から絶対に動かないでくださいね」

タクマはそう言うと、ヴァイスに声をかけた。

「ヴァイス、パミル様達を頼むぞ」

「アウン！（任せて！）」

タクマの指示を受けたヴァイス達は、パミル達に影響が及ばないよう、魔力による盾を更に強化した。

それを確認したところで、タクマが呟く。

「ヴァイス達の魔力でも問題なく守れるとは思うが……念には念を入れておこう」

タクマは自分とナーブを範囲指定すると、浄化の魔力で結界を張った。結界が壊れない限り、これで二人以外の人間に戦いの影響が及ぶ事はない。

「よし、準備はいいな」

タクマが気合いを入れると、天叢雲剣が作戦を話す。

『いいか、タクマ。まずはあの悪魔憑きから湧き出ている、瘴気みたいな魔力を止めるぞ』

具体的な魔力の止め方を聞いて、タクマは衝撃を受けた。

なんとタクマの浄化の魔力をまとった天叢雲剣で、ナーブの心臓を貫くというのだ。

天叢雲剣は更に続ける。

『俺はヴェルド様に作られた神剣だから、人間の身体を傷つける事はない。だからこそ、この方法ができるんだ。ただし、気を付けろよ。心臓じゃない場所を貫けば、あの悪魔憑きの身体はお前の魔力で消え去るぞ』

天叢雲剣が言うには、心臓の所に最も魔力が濃い場所があるため、そこを狙わなければならないとの事。

ただでさえ魔力の制御が必要なのに、攻撃する位置にも注意を払わなければいけないと聞き、タクマは冷や汗を流した。どうやら悪魔憑きの浄化は、とてつもなく難しい作業のようだ。

タクマはナビに頼み、貫く場所の正確な位置を示してもらう。

(マスター、今からマーキングを行います。魔力の使用を許可してください)

タクマが頷くと、その手元に長さ1m《メートル》くらいの白い光が現れた。

(これはマスターの魔力で作ったマーカーです。刺さってもナーブの身体に影響はありません。これで心臓の位置を確かめてください)

ナビの言葉と共に、マーカーはまっすぐナーブに飛んでいった。そしてナーブを押さえつけている結界をすり抜け、心臓がある位置に突き刺さる。

タクマが浄化の魔力を流し始めると、天叢雲剣が言う。

『タクマ、ここからだぜ。あの悪魔憑きが放っている魔力と全く同じ量の魔力を使ってくれよ』

タクマは頷きながら、天叢雲剣に魔力を流すスピードを上げた。

『いいねぇ、その調子だ』

久々に流されるタクマの魔力にテンションが上がっているのか、天叢雲剣は嬉しそうな様子だ。

貴族達は、魔力を流されて美しく光る天叢雲剣に釘付けになっている。

「なんて美しい……」

「これが浄化の光……」

天叢雲剣は得意げだ。

『おうおう、俺がいくらかっこいいからって、じっと見るもんじゃねーぜ！　まあ、嫌な気はしねーからいいけどな』

タクマは知らなかったが、天叢雲剣は目立つのが好きだったようだ。注目され始めた途端、アピールするかのように刀身を動かしている。

調子に乗っている天叢雲剣はひとまず放っておき、タクマは魔力を制御しているナビの声に意識を集中した。

（マスター、もう少し魔力を絞ってください）

タクマはナビの指示に従って、天叢雲剣に流す魔力を調整していく。

数十秒後、ついに必要な量の魔力が蓄積された。

すぐさま天叢雲剣が反応を示す。

『おっ、溜まったみたいだな。じゃあ、流した魔力を圧縮してくれ』

タクマは天叢雲剣に言われるがまま、魔力の圧縮を始める。

すると天叢雲剣から迸《ほとばし》っていた魔力の光が刀身へ集まり、徐々に収束していった。

「よし、全部圧縮し終わったぞ」

タクマがそう言った時、天叢雲剣の刀身は金色に輝いた。

パミルや貴族達は、息を呑んでその美しさに見とれている。

天叢雲剣がタクマを促す。

『じゃあ、いよいよ本番だ。タクマ、ナーブを押さえている結界を解除してくれ』

タクマがナーブだけを覆っている結界を解除すると、禍々《まがまが》しい魔力が溢れ出した。

タクマは天叢雲剣を握りしめ、気合いを入れ直す。

「行くぞ」

『おう！』

タクマは一気に進み出ると、マーカーに従ってナーブの心臓に天叢雲剣を突き立てる。

「うぐあああああ!!」

ナーブは人間とは思えないような声で絶叫した。

苦しむナーブの様子を見て、タクマは天叢雲剣を引き抜く。

ナーブはうずくまるように倒れると、そのまま動かなくなった。

タクマは呟く。

「……やったのか？」

『何言ってやがる、まだ始まったばかりだぜ。ほら……見てみろよ』

天叢雲剣に言われて、タクマはナーブをよく観察する。

「おいおい、これはすごいな」

タクマは目の前で起こっている光景に驚いた。

天叢雲剣を刺したナーブの心臓付近が、タクマの浄化の魔力によって光を放っている。そして同じ場所から、瘴気のような黒い魔力が噴き出していたのだ。

黒い魔力は、浄化の魔力の光に巻きつくように動いている。その様子は、まるで浄化の魔力を消そうとしているかのようだ。

タクマは焦って天叢雲剣に尋ねる。

「このままで大丈夫なのか？　これからどうしたらいいんだ？」

『そろそろ分かると思うぜ。お、出てくるぞ』

天叢雲剣がそう言った直後、先ほどまで動かなかったナーブが、苦悶《くもん》の表情で声をあげる。

「『この忌々《いまいま》しい光を消せ～‼　あと少し、あと少しだったものを！』」

ナーブの声は、二つ重なっているように聞こえた。おそらくナーブ本人の声と、憑いている悪魔の声が一緒になっているのだろう。

天叢雲剣は、タクマに次の行動を指示する。

『悪魔の声が表に出てきたって事は、もう少しだな。しばらく待ってればあのオッサンの身体から、悪魔が分離して出てくるはずだぜ。浄化の魔力の影響で、ナーブの身体は居心地の悪くなっているだろうしな』

そこまで言うと、天叢雲剣は急に真剣な調子になった。

『あとは悪魔が実体化したタイミングを狙って俺を使うんだ。ただし普通に切るだけじゃダメだぞ。塵も残さないくらい完璧に消すんだ』

天叢雲剣の威力を知っているタクマは、驚いて聞き返す。

「浄化の魔力を込めてるのに、切るだけじゃ悪魔を倒せないっていうのか？」

『悪魔はゴキブリ以上にしぶといぞ。あの黒い魔力が少しでも残っていれば、別の人間を依《よ》り代《しろ》にしていくらでも復活する。しかもここには、依り代にぴったりな欲深い奴らがたくさんいそうだしな』

天叢雲剣はいきなり貴族達に語りかけた。

「い、いや……我らは……」

「そ、そんな事……」

貴族達はどもりながらも否定するが、天叢雲剣は続ける。

『俺から見れば欲望のきたねえ臭いをさせてる奴ばかりだぜ。どうにかしてタクマの恩恵のおこぼれにあずかりたいってな』

貴族達は天叢雲剣に本音を見透かされ、口をつぐんだ。貴族達は今パミルを守ってはいるが、その行動には打算があったからだ。

彼らはタクマがダンジョンを攻略し、貴重な報酬を持ち帰るような実力者である事を今回の謁見で理解した。

だからパミルを守ったという功績ができれば、今後タクマが王国に与える恩恵を優先的に得られるのではないかという考えを抱いたのだ。

『へっ、図星じゃねえか。タクマよう、こんな欲深達がいる中で、少しでも悪魔の欠片を残してみろ。また悪魔憑きを生み出すぞ。だから塵も残さずって言ってるんだ』

天叢雲剣の言葉に、タクマは苦笑いを浮かべる。

「人間は欲深い生き物だ。誰にだって打算はあるさ。つまりどの人間にも悪魔が憑く可能性がある……だからこそお前の言う通り、この場で確実に悪魔を消そう」

タクマはそう言って視線をナーブに向け、天叢雲剣を構えた。

天叢雲剣はタクマに指示する。

『タクマ、浄化の魔力を光から炎の形状に変えるんだ。それをアイツに放てば完全に悪魔を追い出せるはずだ』

タクマは天叢雲剣に流す魔力を変化させる。

天叢雲剣の刀身は先ほどまで真っ白な美しい光を放っていたが、今度は白い炎をまとった姿になる。

タクマが天叢雲剣を振るうと、炎は真っ直ぐに飛んでいき、ナーブに当たった。

タクマはナーブから噴き出す黒い魔力がどうなるか、注意して見つめる。

するとナーブから出ていた黒い魔力が止まる。同時に、ナーブの身体が糸の切れた人形のように倒れ伏した。

効果があった事を感じ、タクマは倒れたナーブを鑑定する。その結果、悪魔憑きという文言が消えているのが確認できた。

タクマは念のため、ナビにも確認を促す。

（どうだ？）

タクマの問いかけに、ナビが答える。

（問題ありません。悪魔は完全にナーブから分離されたようです）

それを聞いたタクマは、ナーブの様子を見守る。

変化はすぐに表れた。ナーブの身体を覆っていた真っ黒な魔力が一箇所に集まり、人のような形を取り始めたのだ。

みるみるうちに、頭に二つの大きな角を持ち、尻尾を生やした男性の姿が現れた。ナーブから引きはがした悪魔が実体化したのだ。

悪魔はタクマに向けて言い放つ。

「許さんぞ、人間！　矮小《わいしょう》な存在のくせに俺を阻むとは……万死に値する！」

悪魔の挑発を受けて、タクマは笑みを浮かべる。

「俺を殺そうっていうのか？　大人しく死ぬつもりはないぞ」

タクマは鎖の形をイメージして魔力を練り上げた。

「拘束しろ」

タクマの言葉に従うように、魔力の鎖は一瞬で悪魔の動きを封じた。

「馬鹿か、貴様は。鎖ぐらいで俺を捕らえられるはずが……」

悪魔はそうあざ笑いながら、拘束から逃れようとした。しかし、すぐに異変を察知する。鎖を外す事ができないのだ。

タクマを蔑《さげす》んでいた悪魔の表情は、みるみる怒りに染まっていく。

「貴様、何をした！」

わめき出した悪魔に、タクマが言う。

「ただの魔力で作った鎖を使うわけがないだろ。さあ、悪魔にはさっさとご退場願おうか」

鎖は浄化の魔力で作り出されたものであり、そのせいで悪魔は身動きができなくなっていた。

タクマが悪魔に向けて天叢雲剣の切っ先を突きつけると、悪魔が叫ぶ。

「く、くそ！　人間ごときにやられるなんて、そんな馬鹿な事があるはずが……」

タクマは薄い笑みを浮かべる。

「ごとき……ね。その人間にあっさりとやられてしまうお前はなんなんだ？」

笑みは浮かべているが、タクマの目は全く笑っていなかった。

タクマと悪魔の様子を眺めていた貴族達は全員で同じ思いを抱き、震えあがる。それは、タクマを絶対に敵に回してはいけないというものだった。

貴族達を横目に、タクマは天叢雲剣を上段に構える。そして悪魔目がけて振り下ろそうとした瞬間の事だった。

「おのれ……話が違うではないか……」

悪魔が妙な事を口走ったので、タクマはとっさに天叢雲剣の軌道をずらす。攻撃は致命傷にならず、悪魔の左腕を切り落とすのみに留まった。

とはいえ、天叢雲剣には浄化の魔力による炎が付与されている。身体を焼かれて、悪魔は悲鳴をあげながら苦しんでいる。

「おい……お前、さっきなんて言った？」

タクマが問いかけると、悪魔は苦悶の表情を浮かべつつ吐き捨てる。

「さあな、空耳じゃないか？」

タクマはため息を吐くと、もう一度悪魔に対して天叢雲剣を振り上げる。

「分かったよ。こっちで勝手に調べさせてもらうさ。お前はここで終わりだ」

タクマは天叢雲剣で悪魔を両断した。悪魔は切られた事により、浄化の炎に包み込まれる。

タクマは燃えている悪魔を結界で覆い、そのまま結界を圧縮していく。

結界はピンポン玉くらいの大きさまで圧縮されたところで、浮かび上がってタクマの手の中に移動した。タクマは手にした結界を、そのまま握りつぶす。

謁見の間にガラスの割れるような音が響き渡る。それと共に、浄化の魔力による光の粒子が舞った。

その光景を見た貴族達が口々に言う。

「う、美しい……」

「これが浄化の、聖なる光……」

先ほどまでの緊張は解け、皆は光の雨が降り注いでいるかのような光景に目を奪われていた。

タクマはそんな中、ナビに指示を出す。

（ナビ、王都全体に検索をかけてくれ。さっきの悪魔の言葉が、どうも気になる）

（分かりました。すぐに検索します）

タクマは悪魔の様子から、彼に仲間がいるのではないかと予想していた。

ナビはすぐに検索を終え、タクマに告げる。

（マスター、検索が終了しました。先ほどの悪魔と似た気配があります）

（そいつはどこだ？）

ナビはすぐに答える。

（この謁見の間の真上……つまり王城の屋根の上です。おそらく、その場所からこちらの様子を窺っているのでしょう）

（分かった。そのまま気配を捕捉しておいてくれ）

念話を終えたタクマは、天叢雲剣をアイテムボックスに収納した。そしてパミルに向かって言う。

「パミル様。どうやら招かれざる客は、ここにいた悪魔だけではないようです」

「な、なんだと!?　悪魔は一人だけではないのか!?　一体、それはどういう……」

タクマは手を上げて、パミルの言葉を遮った。

「少し待っていてもらえますか？　まだ気を抜かないでくださいね」

タクマは空間跳躍の魔法を行使し、屋根の上へ移動した。

◇　◇　◇

一方その頃、王城の屋根の上では――

「ええ～？　あっさりバレちゃった⁉」

ナビが感知した存在が、謁見の間の様子を窺っていた。

その存在はタクマに居場所がバレたと分かり、焦る。

「あの人、ヤバそうだな～。悪魔憑きの状態から、悪魔を分離させちゃうし……早く逃げた方がよさそう」

そう呟いて転移して逃げようとした瞬間、後ろから声がした。

「よう、そこで何をしているんだ？」

◇　◇　◇

屋根の上に移動したタクマは、もう一人の悪魔の姿を見つけた。

すぐさま浄化の魔力による鎖を発動させ、悪魔に放つ。更にその悪魔に結界を施し、逃げられないようにしてから話しかける。

「覗きなんて、いい趣味とは言えないな。まあ、悪魔にどんな趣味があるかは知らないけど」

「や、やだなぁ、ちょっとした興味本位で……って誤魔化《ごまか》せるわけないよね。僕の事を悪魔だって断定してるし」

タクマは目の前の悪魔を問い詰めた。しかし一方で、先ほどの悪魔とは印象が違うと感じてもいた。

ナーブに憑いていた悪魔は禍々しい雰囲気を持っていた。だが目の前の悪魔の気配は、かなり人間に近い。

「お前はナーブに憑いてた悪魔の仲間だろ？　というよりも、利用していた奴と言った方がいいか？」

「……やっぱり、バレちゃってるのかー」

悪魔はそう言うと、にんまりと笑った。

「そうだよ。さっきの悪魔は、僕がそそのかしてナーブに憑依《ひょうい》させたんだ」

そこまで話したところで、その悪魔は急にプリプリと怒り始めた。

「だってさー。ナーブの奴が、僕らにケンカ売ってきたんだよ？」

「は？」

予想外の言葉に、タクマは思わず間抜けな声をあげてしまった。

呆気に取られるタクマをよそに、悪魔は話を続ける。

「あ、ちなみに言っておくけど、僕はさっきの悪魔とは違う存在だからね。感知した魔力の質で同類だって考えているかもしれないけど……」

タクマは改めてその悪魔を眺める。見た目でいうと、十六才くらいの人間の女の子のように感じた。だが人間と大きく違うのは、頭の両側から小さな角が出ている事、そして魔力量だ。

彼女の魔力は、タクマが今まで出会った者の中でも飛び抜けた量だった。本気で暴れられたら、普通の人間では対抗できないだろう。

「じゃあ、お前は何者なんだ？」

タクマが尋ねると、その悪魔はあっさりと名乗る。

「僕は魔族《まぞく》のリーダーで、キーラっていうんだ。さっき君が浄化した悪魔は、僕の部下だよ」

## 11　魔族

「魔族か……初めて会うな。人間を悪魔憑きにして、一体何をしようとしていたんだ？」

そう問いかけるタクマを見据えて、キーラははっきりと答える。

「ただの嫌がらせだよ。ナーブは僕達一族の平穏を壊したんだ。それなりの罰を受けてもらわないとね」

タクマが驚いていると、キーラは更に詳しい事情を話し始める。

「僕達魔族は、人族より魔力が多い。魔力の多い生き物は皆長生きだから、ナーブはその血を使って若返りができるって考えていたみたいなんだ。アイツの屋敷の中には、そういった書物がいっぱいあったよ」

キーラの言葉に、タクマは顔を歪める。

「血を使うって、まさか……」

「ナーブは僕達の集落を襲って、魔族の血を手に入れようとしたんだ」

ナーブは犯罪者の集団に多額の資金を流し、何度も集落を襲わせていた。キーラ達は襲われるたびに追い払ってきたが、このままでは危険だと判断し、ナーブへの反撃として悪魔憑きを考えたのだという。

キーラの話を聞く限り、ナーブの魔族の血に対する執念は相当なものだったようだ。タクマはそう感じた。

「……ナーブは犯罪の痕跡を消して、自分の悪行がバレないようにしていた。だから僕はナーブを悪魔憑きにして、人間に処刑されるように仕向けたんだ」

ちなみにキーラの計画では、悪魔憑きの悪魔は生き残らせる予定だった。悪魔憑きの人間を処刑しても、悪魔が倒されるわけではない。だからナーブが死んでも問題ないと考えたのだ。

しかしタクマの存在によって、キーラの思惑は外れてしまった。

「全く、悪魔憑きを解除できる人間がいるなんてねぇ……いや～大失敗！」

悪びれない様子のキーラに、タクマはため息を吐きながら言う。

「なるほどな……そういう事情だったのか。俺としては、キーラの気持ちは分からないでもない。もし俺がナーブから同じ事をされたら、反撃するだろうしな」

「でっしょ～！　だったらこのまま解放してくれると嬉しいかな～、なんて……」

すかさず、ナビがタクマに注意する。

(マスター、彼女の言葉に嘘はないようですが、すぐに解放するのはお勧めしません)

(分かってるさ。魔族に対する誤解や禍根《かこん》を残さないために、今の話をパミル様の前でしてもらって、ナーブに罰を与えた方がいいはずだ)

タクマはナビと相談し、キーラを説得する事に決めた。

タクマはキーラに告げる。

「さすがにこのままキーラを解放するのは無理だ。仲間を守りたかった気持ちは理解できるが、一国の王であるパミル様まで危険に晒されたわけだからな。巻き込まれた人達に対して、キーラの口からきちんと事情を説明してもらいたい」

タクマはキーラに警戒を与えないために、ナーブの事にも言及した。

「実は俺達もナーブに不審な動きがある事には感づいていて、尻尾を掴んで処罰しようとしていたんだ。だから全ての人間がナーブのような者だと思わずに、一緒に謁見の間に来てくれないか？　俺も魔族側の不利にならないよう、口添えはするつもりだ」

キーラはしばらく考え込んでから、ゆっくりと口を開く。

「……信用してもいいの？」

「今の時点で、完全には無罪放免になるかは分からない。だけどナーブに憑いていた悪魔みたいに、排除する事にはならないはずだ。キーラはナーブの悪行に対する証人という立場だしな」

キーラは迷った末に、タクマの提案を了承した。

「じゃあ早速、謁見の間に移動しよう。とりあえず鎖はそのままにしておくけど、我慢してくれ」

キーラが頷くと同時に、タクマは空間跳躍で謁見の間に跳んだ。

◇　◇　◇

戻ってきたタクマの姿を見て、パミルはほっとした様子だった。

「おお、タクマ殿！　急に消えてどうしたのだ。それに、その者は一体……」

「申し訳ありません。実は王城の外に別の悪魔の気配を感じて、確かめに行ったのです。ただ、捕縛して話を聞いたところ、大変重要な情報を持っていたので、ここに連れてきました」

タクマはキーラに話をするよう促した。

キーラは床に倒れて気絶しているナーブをちらっと見たあと、パミルに顔を向けて言う。

「初めまして、王様。僕は魔族のキーラといいます。先ほどの悪魔憑きは、僕の指示で行いました。けれど、それをした理由を話させてほしいのです。それから、僕は丁寧な話し方が苦手です。発言には気を付けるつもりですが、無礼があったらお許しください」

パミルはキーラの言葉に大きく頷き返す。

「大丈夫だ。どうやらそなたは、我々の知らない情報を持っているようだ。それを教えてもらうのに、無理をして丁寧な言葉を使う必要はないぞ。話しやすい言葉で発言してくれ」

周囲の貴族達は悪魔憑きを行った者と聞いて顔をしかめたものの、パミルが寛容な姿勢を示している手前、抗議する事はできなかった。

キーラはパミルに頭を下げる。

「ありがとうございます。ではお言葉に甘えて、いつもの言葉遣いで話します」

キーラは悪魔憑きの騒動の原因を語り始める。

「今から半年前、僕らの集落は襲撃を受けたんだ。襲ってきたのは規模の大きい盗賊団だった。初めは王国の庇護のない集落だから狙われたと思っていたんだけど、そいつらの行動があまりにもおかしかったから、何か変だと気付いたんだ」

盗賊団が集落を襲う場合、住人は殺されてしまう事がほとんどだ。

しかし襲ってきた盗賊団は、キーラ達を捕えようとしていた。しかも主に女子供を狙っていたという。

「殺気がなかったから、普通の盗賊と違うのはすぐに分かったよ。僕達も黙って捕まる気はないから、逆に盗賊を制圧して調べる事にしたんだ。盗賊団は訓練されているわけでもなく、烏合《うごう》の衆《しゅう》と言ってもいいレベルだった。だから捕縛自体は簡単で、怪我人も出なかったんだ」

キーラ達魔族は戦闘能力が高い。魔力量に優れており、自らの身体能力を強化できるからだ。人族も身体強化は可能だが、魔力量の違いから魔族に太刀打ちする事は難しい。

パミルは複雑な顔をする。

「さすが魔族と言うべきか……それで、君達は盗賊を捕縛して何を聞き出したのだ？」

「それが目的を聞こうとしても、口を割ろうとしなかったんだ」

捕まえた盗賊達は、組織としての団結力に欠けていた。だからキーラは盗賊がすぐに口を割ると考えていた。ところが、そもそもなぜ魔族の集落を襲ったかという目的を理解している者は誰一人いなかった。キーラはそう話すと更に続ける。

「そんな調子だったから、僕達は精神魔法で盗賊のトップを尋問したんだ。そこで出てきた名前っていうのが……」

「ナーブだったというわけか……」

パミルの反応を見て、キーラは満足そうに頷く。

「そう。盗賊団に命令を出したのは、そこにいるナーブって貴族だったんだ。とにかく魔族の女子供をさらうよう命じていたのが分かった。盗賊のトップは魔族を相手にするのはリスクがあると考えたようだけど、ナーブの提示した報酬に目がくらんだみたいだね」

話を聞いたパミルは、考え込んでいた。しばらくして、ゼブラに問いかける。

「ゼブラよ。キーラ嬢の様子はどうだ?」

「魔力の動きを調べていましたが、彼女の話に嘘はありませんでした」

鑑定士であるゼブラは、魔力の動きから発言の真偽を判断する事ができる。ゼブラの返答からキーラの話した内容が本当であると理解したパミルは、怒りの表情を浮かべた。

「キーラ嬢、少し時間をもらえるか」

「え、うん。大丈夫」

パミルの迫力に、キーラは思わず頷く。

「諜報部の者をここへ呼べ!」

パミルが指示を出すと、伝令が扉の外へ駆け出す。パミルは待っている間も、表情を怒りで歪ませていた。

五分もかからずに、謁見の間に一人の男が入ってきた。

「お呼びでしょうか?」

現れた男は、全身黒ずくめだった。

「今もナーブの屋敷は監視しているんだろうな？」

「はっ、ご指示通り」

やって来た男は、軍の諜報部隊の一員だった。

パミルはナーブの屋敷にこの部隊を配置し、悪事を暴《あば》こうと監視を続けさせていた。ナーブの悪行の証拠が見つかり次第、すぐになんらかの対処ができるように備えていたのだ。

パミルは諜報部の男に言いつける。

「ではナーブ邸にいる者を全員捕縛せよ。そして屋敷をくまなく調べ、悪事の証拠を発見するのだ！　特にナーブの家族、家令、使用人は絶対に逃がすな！」

「は、すぐに取りかかります」

諜報部の男は頭を下げると、謁見の間から出ていった。

パミルは指示を終えたところで、キーラに先ほどの話の続きを促す。

「キーラ嬢、お待たせした。話の続きを頼めるか」

「う、うん……でね、精神魔法でナーブの名前が出たあとに、何かナーブに命令されたって証拠がないか聞いたんだ。そうしたら、こんなものを持っていたよ」

キーラはそう言って、一枚の金属板を取り出す。そこには、図のようなものが描かれていた。

パミルは金属板を見て、すぐに何か察する。

「それは、割符《わりふ》だな？」

「うん。この割符を使って、僕の部下の一人にナーブの事を探らせたんだ」

割符というのは、仲間である証明として使われる道具だ。記号などを描いた板を二つに割ってお互いに所持し、必要な時に板を一つに合わせる事で、相手が身内であると確認するのだ。

盗賊のトップは、ナーブから割符の片方を渡されていた。このためキーラは部下の一人を盗賊のトップに化けさせると、割符を持たせてナーブの屋敷を探らせた。

そして、ナーブが集落を襲った本当の理由を知ったのだ。

## 12　禁忌と提案

「ナーブが魔族の血を使って、若返りを目論んでいただと？」

「そう。ナーブは若返りの薬を作るには、僕達の血を使えばいいと思っていたんだ。そんな根も葉もない噂を信じるなんて、本当に馬鹿じゃないかな？」

キーラが語ったナーブの真の目的に、パミルは衝撃を受けていた。

キーラはため息を吐きながら、首を横に振る。

「確かに僕達魔族は、保有している魔力量が多いおかげか、長命だけどね。だからといって魔族の血を使えば若返れるなんて、発想が安易すぎて呆れちゃうよ」

パミルは憤怒《ふんぬ》の表情を浮かべて言う。

「そもそも、若返りの薬は神薬《しんやく》だ。神薬を人の身で作る事は、ヴェルド様によって禁忌とされておる。ナーブはそんな事に手を出していたというのか」

他の貴族達も、同じ貴族に禁忌を破る人間がいた事に驚きを隠せない。謁見の間に沈黙が流れた。

「話の途中で申し訳ないのですが……」

タクマが言うと、パミルと貴族達が一斉にタクマに目を向ける。

「ナーブを断罪する前に、キーラに一つ確認したい事があります」

タクマはキーラに話しかける。

「なあ、キーラ。俺は既に話を聞かせてもらって知っているけど、この場にいる人達に対してもはっきりさせておいた方がいいだろうから、答えてくれ」

キーラがナーブへの怒りのあまり、パミル王国そのものに恨みを抱いていると勘違いされれば、キーラに対する温情を願うのは難しくなってしまう。

キーラが標的にしたのはナーブだけだと、パミルや他の貴族達の前で明らかにしておいた方がいい。そう考えて、タクマは尋ねた。

「キーラはナーブにだけ報いを受けさせるために行動したわけで、パミル王国を混乱させようという意図があったわけじゃないんだよな？」

キーラは、ナーブを眺めながら静かに答える。

「僕達はパミル王国に恨みはないし、混乱を望んでいるわけでもない。ただ、この馬鹿貴族に地獄に落ちてほしいだけだ」

キーラの言葉を聞き、パミルや貴族達はほっと息を吐く。キーラ達魔族が、人間全体に敵意を持っているわけではないと理解できたからだ。

自分達人族が魔族と敵対して渡り合えるとは思えないので、キーラの言葉はパミル達にとってありがたいものだった。

タクマも同じように安堵の表情を浮かべる。キーラの本意を皆の前で確認できたためだ。

タクマは更に続ける。

「そうか、ならパミル王国がナーブを断罪する事には異存ないよな?」

タクマの言葉に、キーラは深く頷く。

「うん、構わないよ。もともとそうしてもらうのが目的で、悪魔憑きにしたわけだし」

キーラは周囲の人間に説明していく。

キーラがナーブに対して悪魔憑きという手段を取ったのは、相手の行動をある程度コントロールできるようになるからだ。

悪魔憑きにしたナーブを操って致命的な失態を犯させ、人間に処断させるつもりだった事、またナーブが魔族に手を出していた証拠も、処刑後に人間達が発見できるようにした事などを告げた。

それを聞いたタクマは、そのままパミルに話しかける。

「パミル様。今聞いてもらった通りです。キーラは集落を襲われた報復として、ナーブだけをターゲットにしていました。このような騒動を起こした罪はあるかと思いますが、どうか寛大な処遇をお願いします……」

タクマの言葉を聞いて、パミルは考え込んだ。

確かにナーブが原因となった事件ではある。またパミル達はキーラのおかげで、ナーブの悪行の証拠を掴む事ができた。

しかし、だからといってキーラのした事を全て許すのも難しかった。

キーラがナーブを悪魔憑きにした事により、パミル王国の王族や貴族を危険に晒しかねない事態となったのもまた事実だからだ。

パミルはノートンを呼び寄せ、小声で相談を始める。

「どうしたものか……キーラの行いは、通常であれば罪になる。しかし、そもそも先に手を出したのはナーブだ」

「そうですね……では、こうした案はいかがでしょう……」

ノートンはちらりとタクマを見たあと、パミルに考えを伝える。

タクマはその視線に気付き、小さくため息を吐く。

（ん？　今こっちを見なかったか？　なんか嫌な予感がするぞ……）

しばらくして、パミルが相談を終えた。

そしてキーラの方を見ると、処遇を言い渡す。

「キーラ嬢、大変すまないが、完全に無罪放免とするのは難しい。人族の世界の法律に照らし合わせれば、何かしらのペナルティーを与えざるをえないのだ……だが、ナーブに非があるのも十分理解している」

そこまで言うと、パミルはいったん言葉を区切る。

そして改まった態度でキーラに告げた。

「よって、これから二つの処遇を提案したいと思う。キーラ嬢には、そのどちらかを選んでほしいのだ」

パミルの言葉に、キーラは静かに頷く。

キーラは悪魔憑きの原因が自分であると告白した時点で、なんらかの処分は避けられないだろうと覚悟はしていたのだ。

パミルは早速提案を始める。

パミルが最初に告げたのは、キーラ達魔族の住む集落を、王家が管理する案だった。そうすればキーラ達がもう襲撃に遭う事はなく、安全な生活が保障される。

ただし、騒ぎを起こした罰として、数年間の監視を行うともつけ加えられた。

その提案に、キーラは顔をしかめた。

監視つきの生活は、仲間達にストレスを与えると予想できたからだ。

それなら自分だけを断罪してほしいと、キーラはパミルに懇願した。

「うーむ……分かった。王国として最大限譲歩した提案がこれなので、我々とキーラ嬢の間で解決するのは難しいかもしれんな。しかし安心してくれ、我々は君を断罪したいとは思っていないのだ」

パミルは次の提案に移る。

「まず言っておかねばならんのだが、この案にはタクマ殿の協力が必要となる」

いきなり言われて、タクマはぎょっとする。

そして先ほどノートンが自分を見ていた理由を悟ったのだった。

# 第②章

## 護るための選択

# 13　受け入れ要請

　パミルはタクマに尋ねる。

「もう一つの案に移る前に、タクマ殿に確認したい。君は魔族をどう思っている？」

　キーラ達魔族は、基本的に邪神を崇拝している。一方、タクマはヴェルドと深く関わっている。そんなタクマが魔族を忌避するというなら、パミルが行う提案は無意味になってしまうものだった。

　タクマは意味が分からずに尋ね返す。

「どう……とは？　俺は崇拝する神の違いで、相手を見るつもりはありません。俺が相手を判断する基準は、俺に対して敵意があるかどうか、そして俺の家族達に危害を加えないかという事だけです」

「ふむ……ならば魔族に対して偏見はないという事だな？」

「ええ、その通りです」

　タクマが返事を聞き、パミルはゆっくりと息を吐く。

「ここで取り繕っても仕方ないので、正直に話させてもらう。先ほどは魔族の集落を王国の直轄地として監視するという案を出させてもらったが、それはキーラ嬢に受け入れられなかった。しかし王国としては、魔族が安全な者達であると確認するために、しばらく様子を見させてもらうという条件は譲れないと考えている。そして魔族の集落を監視するという案が難しいなら、魔族の人々にパミル王国に移り住んでもらうほかない」

言い分は理解できるが、突飛な提案をされてタクマは驚く。

キーラも同じように目を丸くしているが、パミルは構わず続ける。

「しかし、もしパミル王国に住んでもらうとしても、パミル王国の軍では何かあった時に魔族を押さえる事は不可能だ。よって、タクマ殿を頼らせてほしい……つまり、キーラ嬢達魔族がパミル王国に引っ越すと同意をしてくれたら、君の所で預かってほしいのだ」

唐突にパミルから魔族達の対応を丸投げされてしまい、タクマは考え込む。

とはいっても、魔族がタクマ達の住む湖畔に移り住んでくる事自体は、そんなに問題はない。

タクマの知り合い以外が訪れる事はないし、守護獣や神々によって守られている土地だ。魔族達は集落に暮らすよりも安全な生活が送れるかもしれない。

だが、問題はキーラ達魔族の意思だ。

「俺自身は構わないのですが……キーラ、少し聞いてもいいか？」

「何かな？」

「キーラは……いや、キーラの集落の仲間達は、人族をどう思っているんだ？」

タクマの質問に、キーラは言葉を選びながら答える。

「うーん、僕も含めてだけど、集落の皆は人族が嫌いなわけじゃないよ。集落に人間が来た時は普通に接しているしね」

キーラは少し寂しそうな顔で続ける。

「だけど人族は、僕達が魔族と分かった途端、何もしていないのに脅《おび》えるんだ。だから人族とは距離を置いているっていうのが現実なんだよねぇ。僕らが歩み寄っても、人族は怖がって離れようとするって感じかな」

その言葉を聞いて、タクマは安心した。魔族は人間が嫌いなわけではなく、避けられているから距離を取っているだけだと分かったからだ。ナーブの一件がなければ、人間に危害を加える事もなかったのだろう。

「なるほどな。じゃあ、人族は敵だとか、人族とは仲良くしてはいけないってわけじゃないんだな？」

「うん、僕の知る限りだけど、魔族の他の集落でもそういった考えはないと思う。だからタクマ達が仲良くしてくれるなら、移り住ませてほしいな」

その答えを聞いたところで、タクマはパミルに許可を取り、アークスに連絡する。さすがに魔族を移住させるとなれば、相談が必要だ。

連絡には、コラルが持っている遠話のカードを借りた。

『はい。どうかなさいましたか？』

アークスが応答したので、タクマは魔族達の移住の事を話す。

『なるほど、魔族ですか……』

アークスは驚いた様子だったが、すぐに家族達に確認をすると約束してくれた。

『ちなみに、アークスは受け入れについてどう思う？』

アークスはためらいつつも、率直に考えを述べる。

『受け入れ自体は問題ないかと思います。魔族を恐怖の対象として捉える人間がいるのは確かですが、タクマ様のお話を伺った限りでは、うまくやっていけるのはないかと。ですからタクマ様が問題ないと仰る以上、私は賛成です』

だが、他の家族達に一人でも反対の者がいれば、受け入れは難しいだろうとの話だった。

タクマがなんとかできないものかと考え込んでいると、アークスが話を続ける。

『タクマ様、反対があった場合に受け入れが難しいというのは、あくまで一つの集団として暮らすという場合に関してです。もしそうなった場合は、湖畔から離れた場所に集落を作ってもらい、少しずつ交流を進めていけばいいと思います』

幸いタクマがもらった湖畔周辺の土地は広大なので、それも可能だろうとアークスは伝えてきた。

アークスの発想にタクマも納得する。

『なるほどな。交流できる距離で別々に暮らしていくのもありか……分かった。じゃあ悪いんだが、皆に移住について確認してもらえるか』

『分かりました』

タクマがアークスとの遠話を終え、パミルが言う。

「タクマ殿、聞いてもいいだろうか。私から提案しておいてなんなのだが、なぜあっさりと魔族の移住を引き受けてくれたのだ？」

というのも、今までタクマが湖畔に受け入れたのは、弱い立場で行き場のない者達だけだった。キーラ達のように力を持った者を、大切の家族の近くに置くのにリスクを感じないのかとパミルは考えていた。

自分から言い出しておいてそれはないだろうと、タクマはパミルに呆れた視線を向ける。だが、質問にはしっかりと答える。

「そうですね。理由はいくつかあります」

一つ目の理由は、タクマはキーラ達魔族の存在をリスクだとは捉えていないからだ。

タクマがキーラを捕らえた時、彼女には敵意がなかった。ナーブには敵意を露わにしていたが、タクマやパミルに対しては無害な存在だと感じたのだ。

「敵意がないなら、受け入れても大丈夫でしょう。それにキーラ達の一連の行動は、人間の世界の感覚で見れば問題かもしれません。ですが、俺は当然だと思います」

「なるほど。キーラが人族全体を敵と見なしていないのが理由か……」

パミルが頷いたところで、タクマは続きを話す。

「それと、キーラ達の魔法の知識が欲しかったんです」

二つ目の理由は、タクマが魔族の才能を活かしたいと考えていたからだ。

「魔族は人族に比べ、魔法が得意だと以前聞いた事があります。その知識がうちの子供達の教育にいいと思ったんです。子供達は色々な知識を貪欲《どんよく》に吸収しています。勉強や戦闘技術は家族が教えれば事足りると思うのですが、魔法については魔族から教わるのが一番かなと」

タクマの考えを聞いて、キーラは驚いて言う。

「つまり、僕達が魔法の先生になるって事？」

「そうだ。うちにはたくさん子供がいて、魔法の才能を持った子も多い。今は力があり余っていて、制限しているくらいなんだ。このままずっと制限し続けるのもまずいから、キーラ達に正しい方法で鍛えてほしい」

子供達の事情を説明したあと、タクマはキーラに尋ねる。

「魔族が魔法に長《た》けているなら、才能のある子に対する鍛え方のノウハウもあるんじゃないか？」

「それはもちろん。魔力の総量を上げる方法や、魔力の制御方法、覚える事はたくさんあるよ」

魔族達が豊富な魔法の知識を持っているのは、タクマの聞いていた通りだった。

「そういった事を知れるのが重要なんだよ。子供達の将来が広がるしな。それに身を守るための力はいくらあってもいい。キーラ達を招き入れれば子供達も喜ぶと思う」

タクマはうんうんと頷きながら、続ける。

「ああ、それと今思いつきましたけど、彼女達の力があれば、更に湖畔の安全が盤石になるでしょうね。湖畔周辺はヴァイス達が守ってはいますが、敷地が広いのでどうしてもカバーできない部分があります」

タクマはこれから商会の支店を増やす旅に出る予定でいる。その時にキーラ達がいてくれれば、より安全だ。

「つまり、キーラ達魔族を受け入れるのは、俺や家族達にもメリットがあるんです。キーラ達も湖畔で暮らせば、人間と新しい関係を築けるでしょう」

理由を聞いて、パミルは自分を恥じた。タクマはキーラ達魔族の事を、全く危険視していなかったのだ。それだけでなく、魔族とどうやったらうまく暮らしていけるかを既に考えている。それはパミル達にはなかった感覚だ。

「そうか……そこまで考えて引き受けてくれたのだな」

パミルは自分の無茶振りを、タクマが引き受けてくれた事を改めて感謝する。

タクマはパミルが自分に任せてきた事に呆れてはいたが、魔族が引っ越してくる事には前向きだった。キーラが気に病まないよう、改めて歓迎する気持ちを伝える。

「とにかく俺はメリットのあると思って引き受けたわけで、同情とかではありませんよ。なので、パミル様もキーラも気にしないでほしいし、うまく移住が進めばなと思っています。とりあえず、家族の返答を待ちましょう」

キーラはタクマの配慮を聞いて、嬉しくなった。今まで出会った人族は、魔族に恐れを抱く者ばかりだったからだ。

だからキーラ達魔族は、人族と共存できないものだと理解して町から離れた所に暮らしていた。そんな状況の中で、魔族全員を自らの土地に迎え入れてくれる人族の者がいるとは、今まで想像もしていなかった。

しかも保護や監視という形ではなく、自分の子供の教師として、集落に必要な人材として扱ってくれたのだ。

人族も魔族もわけへだてないタクマの物言いに、キーラは器の大きさを感じていた。

キーラ達魔族の処遇が決まり、謁見の間の緊張した空気が少し和らいだ。

周囲がキーラに敵意がないと理解できたようなので、タクマはキーラを拘束していた魔法の鎖をほどいてやる。

しかし、まだやるべき事はたくさん残っている。パミルは真剣な声で、皆に釘を刺す。

「さあ、返答がある前に、やるべき事を済ませるぞ。まずはそこに寝ている、馬鹿者の処分だ」

# 14　断罪

キーラ達の今後の見通しが立ったところで、パミルはコラルに命じる。

「さて……コラルよ、この馬鹿を起こすのだ」

指示を受けたコラルは、気絶しているナーブの髪の毛を掴んで顔を持ち上げた。

「ぐっ！　うっ……」

ナーブはうめき声をあげ、意識を取り戻した様子だった。

コラルは思いきり力を込めて、ナーブの頬を張る。

ナーブは自分の頬に痛みを感じ、意識を取り戻した。

「ぐお！　な、なんだ⁉」

ナーブは周囲を見回す。目に入ってきたのは、自分を取り囲んでいる大勢の貴族達だった。全員が殺意のこもった視線をしている。

パミルの言葉が謁見の間に響く。

「起きたようだな、ナーブよ」

その声は寒気がするほどに感情のない言葉だった。

ナーブはパミルの表情を見て息を呑んだ。その表情はとても厳しく、悲しそうなものだったからだ。普段は温厚で優しいパミルが怒っている事が、ナーブにもはっきりと伝わってきた。

パミルは続ける。

「ナーブよ。早速だがお前に聞きたい事がある」

「!! な、なんでしょうか……」

「お前は先ほどの事を覚えているか？」

「……」

ナーブは口ごもった。悪魔に憑かれてはいたが、記憶ははっきりしていた。そのため、自分がどのような状況に置かれているかは理解している。

ナーブは背中に冷たい汗が伝うのを感じながら、この窮地を切り抜ける方法を必死に探った。

しかしパミルは、ナーブに逃げ道を与えない。

「貴様は先ほどの謁見中、悪魔憑きの状態となり皆を危険に晒した。そして悪魔憑きとなったのは、貴様が魔族に手を出したのが原因だというではないか」

パミルの言葉に、ナーブは全身を硬直させた。

パミルはその様子を冷たく見おろしながら続ける。

「若返りを欲するあまり、魔族を襲わせるとは……魔族との関係を悪化させ、王国を潰す気だったのか？」

ナーブは顔面蒼白になりながらも、必死に訴える。

「パミル様、魔族は邪悪な存在です。奴らが何を言ったのかは知りませんが、それは私を貶めるための陰謀です！　これまで私は王国のために尽くしてきました。どうか、どうか信じてください！」

ナーブは必死に窮地を切り抜けようとするが、パミルの冷たい表情は変わらない。

「確かに、貴様が王国のために尽くしてきた。だが、その陰で貴様は何をしていた？　禁忌である若返りの神薬を作ろうと試みるとは……なんという愚かさだ」

ナーブは身体をこわばらせた。そして自分がどうやっても助からないと理解し、怒りに歪んだ顔でパミルを睨みつける。

「ほう、それが貴様の本性か。情けない事だ。貴様のような者の本性を見抜けなかったとは……だが、知った以上、このままにはせんぞ」

ナーブは弁明するのをやめ、沈黙した。

パミルはナーブを更に追及していく。

「口先で誤魔化すのはやめたか。だが、黙っていても無駄だぞ。貴様に聞かずとも、今貴様の屋敷では大規模な調査が行われているのだ。そろそろ証拠がここに届けられるだろう。それにこういうものも手に入った。逃れようはないぞ」

パミルはそう言うと、キーラから受け取った割符を掲げた。

それを見たナーブは目を丸くし、絶望の表情を浮かべた。

その時、謁見の間にノックの音が響いた。パミルが中へ入るよう言うと、扉を開けてたくさんの書類を持った騎士達が入ってくる。

「お待たせしました。ナーブの屋敷の調査が終了しました。ひとまず現段階で発見された悪行の証拠の品をお持ちしました」

騎士達はそう言って、書類の入った箱をパミルの前に並べる。

ナーブが罪を犯した事が揺るがなくなったところで、パミルは騎士達に指示を出し、ナーブを拘束させた。

騎士達はナーブの腕を掴むと、反抗できないようにする。

それまで様子を見守っていたタクマは、守護獣達に声をかける。

「皆、こっちに来ていいぞ」

ずっとパミルの周りを固めていた守護獣達は、その声を聞いてタクマの側に集まった。

パミルも自分の周囲を守っていた貴族達に、所定の場所に戻るよう言いつける。

拘束されたナーブは、騎士達の手で謁見の間の中央に移動させられた。

パミルは書類を手に取ると、目を通し始める。

「さあ、ここから何が出てくるのか……あまり見たくはないが、そうもいかん」

書類を読み進めるうちに、パミルの表情が怒りに染まっていく。書類を持つ手にも力が入り、震えていた。

パミルのただならぬ雰囲気を察して、ノートンが側に駆け寄る。

「パ、パミル様、いかがなさいましたか？」

パミルは黙ったまま、持っている書類をノートンに押しつけた。パミルが怒りで力加減ができなかったため、ノートンは衝撃でふらつきながら書類を受け取った。

ノートンが制止する間もなく、パミルは憤怒の表情を浮かべてナーブへ近付いていく。

「貴様は、どこまで腐っているのだ……」

パミルのあまりの怒りの激しさに、ザイン、コラルを始めとした貴族達は動けないでいた。

タクマは慌ててヴァイスに言う。

「ヴァイス、止めてやってくれ」

ヴァイスはすぐに反応し、パミルの目の前に立ちはだかった。

ヴァイスを見たパミルは、我に返った様子でタクマに言う。

「……タクマ殿、なぜ止めた？」

不満と怒りを露わにするパミルに対し、タクマは首を横に振る。

「ノートン様に渡した書類に何が書かれていたのかは分かりませんが、まるであなた自身の手で処刑を行いそうな勢いでしたので、止めざるをえませんでした」

パミルは返す言葉もなかった。パミル自身も、このままではナーブに何をしでかすか分からないと理解していたからだ。

「私はこの男を、すぐにでも……」

パミルが物騒な事を口走りかけたので、タクマが遮る。

「それ以上は言ってはいけません。それに、パミル様は国王です。国を治める者が、自ら手を下すべきじゃありません」

「しかし……！」

パミルは悔しそうな表情を浮かべる。

タクマはパミルを落ち着かせるように言う。

「他の貴族の方達も動揺しています。パミル様は王様らしく、どっしりと玉座に構えていてください」

しかしパミルは、その場を動こうとしなかった。

タクマはため息を吐くと、ザインとコラルに目配せする。

ザインとコラルはそれに気が付き、パミルの両脇に立って移動を促す。

「パミル様、タクマ殿の言う通りです。それに、まずは先ほどの証拠について説明をしてください。我々には何が書かれていたか分からんのですから」

ザインに続いて、コラルも言う。

「その通りです。この者を裁く前に、彼が何をしたのか明らかにする必要があります」

パミルは玉座まで戻ると、ゆっくりと腰を下ろした。

そこにヴァイスがやって来て、パミルの前に伏せる。その姿は自分がパミルの壁になり、彼の行動を制限しようとするかのようだった。

王妃達が、パミルに対して不安げに声をかける。

「あなた……」

パミルは、小声ですまないと謝った。

ザインとコラルはその姿を見て、パミルが冷静さを取り戻したと判断し、元の位置に戻る。

しばらく間を置いて、パミルが言う。

「ふー……皆の者、取り乱してすまぬ。怒りで我を失っていた」

貴族達はあれほど怒ったパミルを初めて目にし、ひれ伏している。

「先ほど、ザインとコラルから証拠の資料を説明するよう求められた」

パミルはそこで一度言葉を切り、迷っている様子を見せた。しかし、決意したように告げる。

「ナーブは禁忌を犯した。禁忌を犯した者にはヴェルド様から神罰が下る。だが、その前にナーブのした事を明らかにし、教訓にしなければならんだろう。どんなに権力があろうとも、禁忌には触れてはならん。それを我らが痛感しなければ、この事件が無駄になってしまう……」

パミルはノートンに指示を出す。

「ノートンよ。書類の内容はもう確認したな？　それを全員に説明してくれ」

「こ、この内容をですか？　本当に？」

ノートンは震えを抑えながら聞き返す。パミルに押しつけられた書類に目を通したノートンは、先ほどから顔面蒼白となり、立ちつくしていた。

「そうだ。あまりにも非道で口にも出したくないだろうが……話してくれ」

「わ、分かりました……ですが、覚悟してお聞きください」

ノートンの言葉に、謁見の間にいる全員が息を呑む。

そしてノートンが告げたのは、衝撃的な事実だった。

「そこにいるナーブ様……いえ、その外道は……自分の領にいる人間をさらって、若返りの秘薬を作るための人体実験をしていたのです」

謁見の間は貴族達の声で騒然となる。

「なんという事を……」

「罪のない民に手を出すとは……」

キーラも呆れた表情で口を開く。

「僕達魔族だけではなく、自分達と同族である人間達にまで……この人、救いようがないね……」

# 15　呪い

謁見の間にいる者達は、全員が殺気立った様子でナーブを睨みつけていた。

張り詰めた空気の中、ノートンは話を続ける。

「この書類を見れば、ナーブが善良な領民を、人体実験のためにさらい続けてきた事が分かります。ターゲットとなったのは、弱い立場の女性や子供ばかりです」

タクマは黙っているものの、怒りが抑えられなかった。静かに暮らしていた魔族に手を出した時点で憤慨していたが、ナーブの所業はそれだけではなかったからだ。

人間の女性や子供にも手を出したというのが、家族を大切にしているタクマには許せなかった。更にタクマを刺激したのが、ナーブの態度だ。

自分の罪を暴かれているにもかかわらず、反省しているようには見えない。この期に及んで、なんとか罪が軽くならないかと必死に考えを巡らせているようだった。

タクマはぶつぶつと呟く。

「腐ってる……自分の欲望のために、なぜそこまでできるんだ……」

同時にタクマから濃い殺気が漏れ出した。

謁見の間の空気が凍りつき、その場にいた者達の背中を冷たい汗が伝う。

ナビが慌てて念話で話しかける。

(マスター、冷静に。怒るのはもっともですが、まだ話の途中です)

ナビのフォローで、タクマはなんとか殺気を抑えた。

タクマの威圧的な殺気が消え、パミルや貴族達は安堵し、深く息を吐く。

タクマが落ち着いたので、ノートンは更に詳しい内容に踏み込んでいく。

ナーブが手を出したのはスラムで暮らす女性や子供達だった。生活もままならないほど貧しい彼女らを、金をちらつかせて連れ去ったのだ。

「そして自分の領地では足がつくので、隠れ家を作り、そこで……」

そのあとノートンが話したのは、あまりにも残酷な内容だった。

ナーブによって数十人の女性や子供が犠牲になり、誰一人生きて帰らなかったというのだ。

謁見の間にいる全員が、殺意を込めてナーブを睨む。

ナーブは見苦しくわめき出す。

「……そ、そんな目を……そんな目を儂に向けるな！　役立たないスラムの者を利用して何が悪……」

騎士達がナーブを床に押しつけた。

騎士の一人は、腰に差した剣を抜くと、ナーブの上で振りかぶる。

剣を目にしたナーブは、情けない声をあげる。

「ひ、ひぃ！」

「やめよ！」

パミルが厳しい声で、騎士に命じる。

「怒りで先走るな。まだ、話は終わっておらん」

騎士は剣を納めたが、怒りに染まった表情をパミルに向ける。

「し、しかし……！　この者は……」

止められた騎士は、悔しそうに言う。そして自分の手でナーブを処刑させてほしいとパミルに願い出た。

パミルはゆっくりと首を横に振る。

「ならん。一瞬でとどめを刺しては、犯した罪の重さを感じさせる事もできん。被害者に報いるためにも、この者には最大限の苦しみを与えなければならぬ」

パミルも本音は騎士と同じで、非道な行為を行ったナーブをすぐにでも処刑したかった。大事な国民を殺されたパミルの怒りは誰よりも大きかった。しかし同時に、この場であっさりと処刑しては、ナーブが罪を償った事にはならないとパミルは考えていた。

パミルは決意を込めて、ナーブに告げる。

「貴様は自分の欲望のために静かに暮らしていた魔族に手を出した。更にそれだけでは飽き足らず、領民の女性や子供にまで手を出した。この罪からは逃れられんぞ。我も一切許すつもりはない。貴様が禁忌に手を出した事は王都全体に公表し、最も厳しい罰を与える。そして、人々に対する戒めとするつもりだ」

パミルはノートンを促す。

「ノートンよ、処断を行う前に、その書類の内容を最後まで伝えてくれ」

ノートンは頷くと、口を開く。

「この実験にはナーブだけではなく、ナーブの家族も関与していました。実験で作った薬を家族で使っていたのです」

家族も関わっていたと聞き、貴族達のざわめきが大きくなる。

「騎士達よ。ナーブの家族の身柄は押さえているのだな？」

パミルの質問に、騎士達が答える。

「はっ、調査の際に全員確保し、現在は牢に入れて監視しております」

パミルはナーブに厳しい視線を向ける。

「貴様の罪は……いや、貴様ら家族の罪は決して許さん。騎士達よ。この者を牢へ連行しろ」

ナーブは自分達がどうやっても逃げられない事を悟り、力なくうなだれた。

その瞬間——謁見の間に眩い光の玉が現れた。

眩い光はどんどん輝きを増し、謁見の間が真っ白に染まる。

集まった者達が目を細めてなりゆきを見守っていると、光は徐々に人の形になっていく。

人々がようやく目を開けられるようになると、そこには怒りの表情を浮かべ、仁王立ちするヴェルドの姿があった。神としての役割を果たすために、ヴェルドの本体がやって来たのだ。

「ヴェルド様！」

パミルを始めとした敬虔《けいけん》な信者達は、ヴェルドの姿を確認した瞬間、その場に跪いた。

ヴェルドは悲しそうな声色で言う。

「人はなんと愚かなのでしょう……私は以前も告げたはずです。禁忌を犯せば罰を与えると」

ヴェルドは以前、マジル王国が禁術を使った際に顕現し、世界中の王に禁忌を犯せば罰を下すと宣言した事があった。

「前回の顕現で神力を使ったので、罰を与えるのが遅くなってしまいました。ですが禁忌に手を出した者は決して許しません」

ヴェルドはナーブの方に顔を向け、右手を突き出す。ヴェルドの手のひらから、紫色の煙が湧き出した。

煙はその場で球体になり、ゆっくりとナーブの方に移動する。

球体を見たパミル達は、なんとも言いがたい本能的な不安に駆られた。叫び出したくなるような恐怖を感じるものの、いつになく厳格な様子のヴェルドに必死で声をかみ殺す。

主犯であるナーブの恐怖は更に大きかった。自分の身に何が起こるかと恐れおののいていると、球体が徐々に近付いてくる。

球体がナーブの胸に触れる。その瞬間、紫の煙が噴き出し、ナーブの身体に蛇のようにまとわりつく。そして球体は、ナーブの身体の中に溶け込むように吸収された。

「〜〜〜！」

ナーブは煙が身体に入ってくる感触が不快で、悲鳴をあげようとした。しかし、なぜか声が出ない。パクパクと口が動くだけで、言葉を発する事ができないのだ。

ヴェルドはその様子を冷たい視線で眺めていた。

「気持ちが悪いですか？　その煙は呪いです。あなたが死ぬまで続きます。人間に解呪《かいじゅ》する事は不可能です」

ヴェルドが説明した呪いの効果は次のようなものだった。

- ナーブは自分の意思で発言できなくなる。質問には真実しか答えられなくなる。
- 身体的苦痛の感度が十倍になる。
- 精神や肉体の苦痛が、生命活動の限界に達した状態でも生き続ける。
- ヴェルド、またはパミルが許可するまで、肉体も精神も滅びない。

「苦痛は十倍、ただしいくら傷ついても死ねない。それがどんなに辛いか、身をもって味わってください」

ヴェルドはナーブに告げたあと、パミルに声をかける。

「パミル王。あなたがナーブの罪を重く受け止めている事も考慮して、あなたも関与できる形で呪いを与えました。ナーブの家族にも同じ呪いを与えています。彼らについて適切な扱いをお願いします」

パミルはヴェルドに深く頭を下げる。

「ナーブについては、私が責任を持って監視します。それから我が国では禁忌について改めて知らしめ、破る者が出ないよう、厳重に注意します」

パミルの言葉に、ヴェルドは静かに頷く。

「そうしてください。禁忌を犯す事は、神として容認できません。神薬は神が認めた者にだけ与えられます。人間の手で生み出そうとは考えないでください」

パミルはヴェルドの言葉を心に刻む。そして自国でのこのような事が二度と起こらないようにしようと強く決意したのだった。

パミルは騎士達に命じる。

「ナーブを別室に連行し、他にも罪を犯していないか、徹底的に尋問を行うのだ。貴族としての扱いは一切認めん。罪人として厳しく接するように。家族達の扱いも同じだ」

騎士達はナーブが暴れないように拘束し、謁見の間から出ていく。

ナーブは貴族としての全てをこの場で失った。これからはただの罪人だ。

ナーブが絶望した表情で連行されていく姿を見て、貴族達は息を呑んでいた。禁忌に手を出す事は絶対に認めないという、パミルの強い意思がこめられた処遇だと感じられたからだ。

貴族達はパミルに従い、禁忌について厳重に取り締まろうと心に誓った。

ナーブが連行され、謁見の間には沈黙が訪れた。

パミルは王妃達を伴って玉座から下りると、ヴェルドの前に跪く。王妃達や他の貴族達もそれにならった。

タクマ以外の全員が頭を下げ、パミルは改めてヴェルドに謝罪する。

「ヴェルド様、我が国の貴族が原因となり、このような騒動を起こして本当に申し訳ございません。呪いを受けたナーブは、私が責任を持って扱います」

ヴェルドはパミルの覚悟を理解し、優しい言葉をかける。

「国王からの謝罪、しかと受け取りました。しっかりと罪人に対処してくれれば問題ありません。禁忌に触れれば不幸になる者が出ます。それは今回の事で分かりましたね？」

「はい。それはもう……これ以上禁忌を犯す者が出ないよう、厳しい態度で取り締まります」

パミルの言葉を聞いて、ヴェルドは満足した様子で頷く。

「そこが分かっているなら、大丈夫でしょう。パミル王、あなたの言葉を信じます」

そう言い残すと、ヴェルドの姿はゆっくりと消えていった。

# 16　毒見

「「「はぁ〜〜〜……」」」

ヴェルドが消え、謁見の間にいる人々は一斉に安堵のため息を漏らした。神の顕現を間近に見て、かなり緊張していたのだ。

パミルは咳払いをすると、玉座に戻る。

「さて……思わぬ騒ぎが起きたせいで、謁見の本題がこんなに後回しになってしまった。タクマ殿、すまなかったな」

タクマは首を横に振る。

「いえ、お気になさらずとも大丈夫です」

「しかし、どこまで話した事やら……」

困っている様子のパミルに、ノートンが中断した時点の記録を教える。

「タクマ殿の献上品である若返り秘薬の鑑定をしたところで、話は終わっております」

パミルはゼブラに、改めて鑑定結果を確認する。

「ふむ……ゼブラよ。タクマ殿が持ってきたのは『若返りの秘薬』で間違いなかったのだな」

「は、はい！　鑑定結果によれば、本物と出ております」

パミルはゼブラの返答に頷き、話を進めていく。

「タクマ殿。若返りの秘薬はとても貴重なものだ。おそらく売れば一生食うに困らないくらいの金額になるだろう。それを踏まえたうえで、本当に私に献上するつもりなのか？」

秘薬を献上する事は計画上決まっている。しかし周囲から見て不自然がないよう、パミルはタクマに尋ねた。

タクマもそれを分かっているので、パミルに合わせる。

「俺は若返りの薬を売るつもりはありません。世の中に出回れば、争いの原因になると思いますから。同じ理由で知らない人間の手に渡る事も避けたいと考えています。でも使わないままでいても、所持者が狙われる危険が出てきてしまいます。だから使ってしまうのが一番でしょう。パミル王国の皆さんとはこれからも長い付き合いになりそうですし、ずっと元気でいてほしいので献上させてください」

タクマの思いが周囲に伝わったところで、パミルはゼブラから若返りの秘薬を受け取る。

「これが若返りの秘薬……」

秘薬を手に取ったパミルは、その美しさに見入った。

タクマは計画がスムーズに進むよう、話を進めていく。

「パミル様、献上にあたっては条件があります。先ほども言ったように、俺が献上するのは、パミル様や王妃様達に使ってほしいからです。ですから、この場で飲んでいただけますか？　国に保管されて、政治的な取引の材料になってしまうとしたら、本意ではありません」

「うむ、それが献上の条件なら承知した」

パミルがそう言って秘薬の蓋に手をかけると、ノートンの厳しい声が響く。

「なりませんぞ、パミル様」

ノートンは続ける。

「あなたは王なのです。最初に口にすべきではありません。鑑定が終わったので本物ではあるのでしょうが、飲んだ際に副作用などの症状が出ないとも限りません。タクマ殿の条件がこの場での使用であるならば、まず毒見役に飲ませるべきです」

ノートンはパミル達五人が若返り、タクマがダンジョンからダミーの薬を持ち帰るという計画である事を知っている。ダミーの薬だと理解しているなら、わざわざ毒見役に飲ませろと言わなくてもよさそうなものだが、周囲に不自然に思われないよう、芝居でこういった発言をした。

なおノートンは、毒見役をタクマ側で用意した事は知らなかった。このため、王城の毒見役を呼ぼうとした。

ノートンの言葉を聞いて、コラルが言う。

「毒味役については、タクマ殿から献上の話を聞いた時点で、あらかじめ準備いたしました」

ノートンは怪訝な顔をする。

「毒味役なら、王城に常駐している者がいるではありませんか。なぜ外から呼ぶ必要があるのです」

ノートンの発言はもっともだった。しかし王城の毒見役ではいけない理由も、コラルは用意していた。

コラルはわざと困った表情をしながら話を続ける。

「毒味をするだけなら、この城の者で事足りるでしょう。ですが、今回タクマ殿が献上したのは若返りの秘薬です」

コラルはゼブラに言いつけて、若返りの秘薬の鑑定結果を読み上げさせる。

鑑定結果は、次のようなものだった。


『若返りの秘薬』

ヴェルド神が異世界の神の力を借りて作った神薬。

飲むと身体が一番活力のあった状態まで若返る。その後、各種能力が向上する。

薬の色は金色。

副作用：飲んだ者は寿命が百年ほど延びる。

注意　：成長途中の子供が飲んでも若返りの効果はなく、能力が向上し、寿命が延びる。

　一番活力のある状態の者が飲んだ場合も、能力が向上し、寿命が延びる。

若返りの効果はあっても、不老や不死になる事はない。


ゼブラが説明を終え、コラルが尋ねる。

「ところで、この城の毒味役の年齢は何才ですかな？」

それを聞いて、ノートンは理解した。

城に常駐している毒味役は年が若い者しかいない。秘薬の説明を踏まえると、若い人間では若返りの薬の効果が分からない可能性が高い。

コラルはノートンの表情を見て、満足げに続ける。

「お分かりいただけたようですな。城の毒見役では若すぎるのです」

ノートンはコラルの言葉に一度は納得した。しかし、別の問題もある。毒味役は誰でもいいわけではない。

人柄に信頼のおける人物でなければ、貴重な若返りの秘薬を飲ませるのは危険だ。ナーブのような私利私欲のために若返りを欲する人間が毒見役になってしまう可能性もあるからだ。

ノートンはコラルに質問をぶつける。

「その者たちは、この場にいる方々が信頼できるような人物なのですかな？」

コラルは笑みを浮かべて言う。

「もちろんです。今回毒味役として呼んだのは、トーランの元商業ギルド長であるブロック氏、そしてエンガード商会の元商会長であるエンガード氏と、彼の妻です」

毒味役の名を聞いた瞬間、貴族達から驚きの声があがる。

「ブロック氏にエンガード氏だと!?　そんな大物商人が!?」

「まさか、なぜこんな所に!?」

タクマはブロックやエンガード夫妻が、貴族の間でここまで有名だとは知らなかった。だが現役時代の彼らは、貴族達に贔屓《ひいき》にされていた凄腕の商人だったのだと貴族達の会話から理解した。

ブロックは高価な酒を扱う御用商人として、エンガード夫妻は貴重な家具を扱う商人として活躍したらしい。

その大物商人がタクマのために毒味役を買って出たという事態に、貴族達はざわつく。

しかし、慎重なノートンはこの人選に異議を唱える。

「ですが、今はどちらもタクマ殿の商会に組み込まれている者達でしょう。本当に公平な判断ができるとは思えません」

ノートンがそう言った時、謁見の間の入り口から声が響いた。

「侮《あなど》ってもらっては困りますのう、宰相殿。我々は腐っても商人じゃ。判断を仰がれた商品に対して、手心を加えた評価は絶対にせんよ」

ノートンが声の方を見ると、そこにはブロックとエンガード夫妻が立っていた。

ブロックは謁見の間に入り、言葉を続ける。

「公平な判断をしないと思われるのは悲しい事じゃが、確かに我々はタクマ殿の身内のようなものじゃ。ノートン殿の発言は理解はできる。なので公平を期すため、こんなものを用意させていただいた。ご確認いただけるかのう」

ブロックはノートンに二枚の紙を渡した。

ノートンはその紙を見てぎょっとする。それが呪いの契約書と呼ばれるものだったからだ。

呪いの契約書とは、呪いを染み込ませた漆黒の紙に、白いインクで契約内容が書かれたものだ。サインしたのに契約を果たさなかった場合は、即死する呪いが降りかかる。商人が生死をかけてでも商品の質を証明したい時に使うアイテムだ。

「契約内容は、毒味をした薬について真実に話す事、薬の存在について他言しない事じゃ。これに違反した場合、我々は死ぬ。これが今回の毒見に対する覚悟の証拠じゃ」

ノートンが呪いの契約書を確かめると、ブロックの言った通りの内容が書かれ、下には三人のサインがあった。

三人が想像以上の決意を持って毒見役を務めようとしているのに、ノートンは驚いた。そして周囲も人選に納得しているようなので、ノートンは彼らに毒見役を任せると決めた。

ブロック達は玉座の前まで移動し、パミルに対して跪く。

「パミル様。お久しぶりでございます。またお会いできるとは思っておりませんでした」

「久しぶりだな、ブロックよ。まさかこのような場でお前に再会するとは思っていなかったぞ」

ブロックとパミルは若い頃に面識があったので、懐かしむように言葉を交わした。パミルはエンガード夫妻にも声をかける。

「エンガード夫妻には、家具の入手で世話になったな」

「覚えていてくださり、光栄です。本日はよろしくお願いいたします」

毒見役の三人の挨拶が終わると、パミルは謁見の間にいる人々に問いかける。

「呪いの契約書を作ってまで毒見役になってくれたのだ。彼らを信用して献上品の確認を進めようと思う。どうだ？」

ノートンも他の貴族達も、異議を唱える事はなかった。

ようやく準備が整い、薬の確認に移る直前になってタクマが切り出す。

「パミル様、実は若返りの秘薬を献上したい方があと二人います。普段、私のために色々と骨を折ってくださっているコラル様、ザイン様です」

タクマは二人に薬を飲んでもらうために、もっともらしい理由をつけ加えた。

「お二人には俺の行動で散々迷惑をかけています。若返りの秘薬を献上すれば、その苦労に少しでも報いる事ができるかと思いまして……」

「ふむ……二人はタクマ殿の提案をどう思う？」

パミルが促すと、コラルが口を開く。

「そうですな。本当はタクマ殿が行動を自重してくれればよいのですが、それについてはおいておきましょう。タクマ殿の提案については、ありがたく受け入れたいと思います。私の治めるトーランは、タクマ殿がやって来た事で急激な変化が起こっています。若返ったなら領主としてトーランを末永く見守り、正しい方向に導いていきたいです」

コラルに続いて、ザインが言う。

「私も提案を受け入れたく思います。トーランの変化も見逃せませんし、まだまだ若いタクマ殿の無茶振りに応えるためには、老いている場合ではありませんからな」

コラルとザインの言葉を聞き、パミルは満足げに頷く。

「どうやら決まりのようだ。では二人とも、この場で一緒に薬を飲むという事でよいな？」

コラルとザインが頷いたところで、ノートンが言う。

「ではパミル様、王妃様お二人、ザイン殿、コラル殿が献上の対象という事でよろしいですね。タクマ殿、毒味の分と合わせ、八本の秘薬をお出しください。念のため、全てをもう一度鑑定してから飲んでいただきましょう」

タクマのもとに、トレーを持ったゼブラが近付いてきた。

タクマはアイテムボックスから八本の薬を取り出す。

このうち毒見役三人の分の薬は、本物の若返りの秘薬である。既に若返っているパミル、王妃達、ザイン、コラルには、ダミーの薬を用意する。

ダミーの薬は底に小さなマーキングがあり、見分けられるようになっている。この事は毒見役とパミル達には既に伝えてある。

タクマが薬をトレーに載せ、ゼブラはそのトレーを玉座の前に用意したワゴンの上に移す。

「で、ではもう一度鑑定させていただきます」

ゼブラは緊張で声を震わせつつ、改めて鑑定スキルを発動し、秘薬を一つ一つ確認する。

周囲の貴族達は、固唾《かたず》を呑んでゼブラの鑑定結果を待つ。

「……先ほどと同じ結果が出ました。これらは全て本物の若返りの秘薬です」

秘薬の中にはダミーも混ざっているのだが、タクマ以外が鑑定すると本物と同じ鑑定結果が表示されるようになっているため、ゼブラが気付く事はなかった。

計画通りに話が進んでいるので、ようやく薬を飲む段階に移れそうだ。パミルはそう考えてほっとしつつ、ゼブラに向かって大きく頷いた。

鑑定結果を聞いたノートンが、プロック達を促す。

「では、毒見役の三名はワゴンの前へどうぞ」

ちなみにノートンはパミル達五人がダミーの薬を飲むと知っているだけで、毒見役が本物の薬で若返るという流れは聞いていない。だが、パミルが落ち着いているので、特に問題ないだろうと考えて話を進めていく。

プロック達はワゴンの前に並んだ。それぞれが本物の秘薬を選んで手に取る。

「蓋を開けて、薬を飲み干してください」

ノートンに言われた通り、プロック達は躊躇《ちゅうちょ》なく秘薬を飲み干した。

謁見の間にいる者達は、緊張した面持ちで三人の様子を見守る。

すると一分もしないうちに、三人に変化が訪れた。

「うう……身体が熱い……」

「まるで身体の芯から燃えるようだ……」

「でも、なぜかスッキリしたような気持ち……」

三人とも変化に戸惑いはしたが、恐怖は全くなかった。熱さを感じると同時に、まるで生き返るような快い感覚に捉われる。その熱がこれ以上ないくらいに高まったところで、三人の身体から真っ白な煙が噴き出した。

## 17　若返り

「なんだ!?　何が起きた!?」

謁見の間にいる者達は、口々に驚きの声をあげる。

タクマは冷静な態度で、彼らをなだめた。

「落ち着いてください。これも若返りの作用の一部だと思います」

タクマに言われて、謁見の間の人々は毒見役の三人をよく確認する。

立ちのぼっている白い煙から、邪悪さは感じられない。そして三人が苦しんでいる様子もないので、いちおうほっとして、様子を見る事に決める。

その間にも、白い煙はどんどん広がっていく。

(すごい煙だな。ここまで来ると、三人の変化が周りに見えないんじゃないか?)

タクマは鑑定結果から、ダミーの薬を服用すると目くらましの白い煙が出ると知っていた。だが、本物の薬まで飲むと煙が出るとは予想外だった。なんの意味があるかはよく分からないが、二種類の薬を服用する過程に差異が出ないよう、ヴェルドが気遣ったのだと予想する。

だがタクマは、毒見役の三人が本物の秘薬を飲み、若返る姿を直接見せる事こそが、この場にいる人々を納得させるのには何より効果的だと考えていた。煙によってそれが見えなくなってしまっているのに不安を覚える。

しかし次の瞬間、謁見の間にいる人々の頭の中に、毒見役の三人の様子が浮かび上がった。煙によって視覚では捉えられないのに、なぜか頭の中に煙の向こうにいる三人の姿が映像として投射されるのだ。

タクマはおそらくヴェルドがそのような効果を設定してくれたのだと思い、感謝しながらなりゆきを見守る。

ありえない現象に、謁見の間の人々が戸惑いの声をあげた。

「なんだこれ……」

「目では見えないのに、毒見役の様子が分かるぞ」

人々の頭の中には、プロック達三人の姿が鮮明に映し出されていた。

年齢により白く染まったプロック達の髪の毛が、徐々に若い頃の色に戻る。顔や手の皺《しわ》が消え、表情も若々しく、活力のあるものに変わっていく。

「これはすごいな……」

プロック達を見ていたタクマは、思わず口にした。若返りという現象自体は知っていたが、こうして変化していくのを目の当たりにするのは初めてだった。

(こんな短い時間で若返るとは、驚きですね。さすがは神薬といったところでしょうか……)

(これだけの変化を見せつけられれば、貴族達も納得するだろうな。悪魔憑きの騒動が起きたせいで思いのほか時間がかかったけど、このあとは計画がすんなり進むといいな)

タクマがナビがそんな念話をしていると、周囲の貴族達が言葉を交わしているのが聞こえてきた。

「なんという事だ、神薬とはここまでの効果があるものなのか」

「確かに効果はすごい。それは認めるが……ここまでの効果があって、デメリットは何もないのか？」

「いや、神薬だぞ？　服用後に不都合が生じるとは思えないな」

素直に驚く者、心配する者など、反応は様々だった。

（色々な意見はあるみたいだけど、この様子なら若返りの効果については疑問を抱く者は出ないだろう。身体に悪い副作用なんかがないのは、三人が説明してくれるだろうし）

うまく話が進みそうだと考え、タクマは安心した。

毒見役の三人が薬を飲んで十五分ほど過ぎた頃、ようやく謁見の間を覆っていた煙が晴れてきた。

全ての煙が晴れた時、プロック達三人は玉座の前に跪いていた。

パミルは期待に満ちた表情で尋ねる。

「毒味役の三人よ、顔を上げるがいい。そして自らに起きた事を話してくれ」

パミルの言葉に、プロック達が顔を上げた。

「こ、これは……！」

パミルは若返りの経過を頭の中の映像で確認していた。また自分を含めて若返りの現象を既に体験しているのだが、それでもプロック達三人の変わりようを見て絶句した。

プロック達三人は結婚式に参列した影響で、数年若返っている。しかし若返りの秘薬の効果は、更に強いものだった。三人の顔は、どう見ても十代後半としか思えないほどに若返っていた。顔には一切皺がなく、肌が潤っている。髪の毛からは白髪が消え、つややかな色になっていた。

顔を上げたプロック達は、周囲の人々のあまりの驚きように戸惑っていた。自分自身の変化について、まだ確かめられていなかったのだ。白い煙を通して若返りの過程が見える現象は、薬を飲ん

だ者に対しては効果がなかった。

「いかがでしょうか……」

プロックはそう口にして、自分の口から出た声に驚いた。掠れていた声が、若い時のものに変わっていたのだ。

思わず自らの喉を触ったあと、プロックはエンガード夫妻に顔を向ける。

そこでプロック達三人は、初めて若返ったお互いの姿を認識して目を見開く。相手が若返ったのだと頭では理解しているものの、全くの別人がいるような錯覚に陥った。

しばらく黙って見つめ合っていた三人に、パミルが声をかける。

「プロック、そしてエンガード夫妻。見違えたな」

三人ははっと我に返り、慌てて玉座に向き直って頭を下げた。

「も、申し訳ございません。驚きのあまり呆然としておりました」

「構わんよ。その気持ちは察する。相手の姿だけでなく、自分の姿も確認してはどうだ？　ここに鏡を持ってくるのだ」

パミルに命じられたザインが、謁見の間に備えられていた手鏡を三人に渡す。

プロック達はそれぞれ自らの姿を確認した。

「若かりし儂の姿だ……」

「あれだけの皺が全くない……」

「成人してすぐの頃の私だわ……」

三人は驚きのあまり、しばらく呆然としていた。彼らが想像していたのは、三十代くらいの年齢に若返る事だったのだ。だが鏡に映っている自分の姿は、二十才そこそこである。

しばらく経ってなんとか落ち着きを取り戻した三人は、ザインに手鏡を返す。

パミルは待ちかねていた様子で問いかける。

「さて、君達の姿を見れば、誰でも神薬の効果を認めざるをえないだろう。あとは毒見役としての意見を聞きたい。身体の具合はどうなのだ？」

「そうですな、身体の状態を言うとすれば……」

プロックは瑞々《みずみず》しくなった自らの手を握ったり開いたりしつつ、説明する。

「成人したばかりの頃のような、言いようのない活力がみなぎり、力が溢れてくるのを感じます。加齢から来ていた身体の痛み、節々の動きの悪さなどがなくなり、不調を全く感じなくなりました」

パミルは嬉しそうに言う。

「副作用のようなものや、体調の悪さは感じないのだな？」

「はい、そういったものは全くありません」

周囲の人々は、それを聞いて安堵した。未知の薬であるがゆえに、重大な悪影響がないかと心配していたのだ。

パミルは満足げに頷くと、話を続ける。

「さすがは神薬だな。体調が問題ないと確認できたので、次は三人を鑑定させてくれ。身体の異変を感じないというだけでは、副作用がないとは言い切れないからな。私とすればこの姿を見ただけで十分信用できる薬だと感じたが、お前はそれでは足りんのだろう？　なあ、ノートンよ」

ノートンはパミルの問いかけを受けて言う。

「当たり前です。パミル様は服用する気満々のようですが、安全である事が前提ですからな」

ノートンはゼブラに声をかけ、プロック達を鑑定するように促した。

ゼブラは毒見役三人に頭を下げると、早速鑑定を始める。

鑑定が始まると、謁見の間は沈黙と緊張に包まれた。

ゼブラは精神を集中して鑑定を進めていく。しかし途中から突然ゼブラの顔色が悪くなり、大量の汗が流れ出した。

ゼブラの異変は、パミル達にもすぐに見て取れた。本当はすぐにでもゼブラの鑑定結果が聞きたかったのだが、その様子を見てただ事ではないと感じたため、ゼブラ自身が何か言うまで待つ事にした。

数分ほど経ったところで、大量の汗を浮かべたゼブラが真っ青な顔で言う。

「鑑定が終了しました……」

搾り出されたゼブラの声に、謁見の間の緊張が一気に高まった。

パミルは意を決して、ゼブラに尋ねる。

「ゼブラよ。お前のその様子……一体何を見たのだ？」

「そ、それが……」

ゼブラは言葉を続けようとしているが、なかなか喋らない。

若返った三人は、ゼブラを見て不安そうな表情になっている。

口ごもるゼブラの態度に、パミルは顔をしかめる。

「ゼブラよ。一体何を見たというのだ？　毒見役の身体に、恐ろしい異変でも起きているのか!?」

パミルに強い口調で言われ、ゼブラははっとした様子で顔を上げる。そして身体の前で両手を大きく横に振ると、必死に言葉を搾り出す。

「ち、違うのです。毒見役の方に対し、不安になるような態度を取ってしまい申し訳ございませんでした。ですが、ご安心ください。三人に副作用は一切ありません。鑑定結果から見ても、それは確かです」

一同はゼブラの言葉に安堵のため息を吐く。だが同時に、別の疑問も浮かんでいた。

パミルがそれをゼブラに尋ねる。

「三人に副作用がないというなら、なぜお前はそんなに顔色が優れぬのだ？　てっきり三人によくない鑑定結果が出たと思ったではないか」

ゼブラは申し訳なさそうに頭を下げながら、自身の行動の理由を説明する。

「実は鑑定結果があまりに衝撃的で、おかしな態度を取ってしまったのです」

ゼブラはそう言いながら、タクマの方にちらちらと視線を向けた。

タクマは嫌な予感を抱き、すぐに毒見役の三人を鑑定する。その結果、すぐにゼブラの視線の意味を悟った。

(まじかよ。そりゃ挙動不審にもなるわな)

プロック達三人のステータスに何もおかしい所はない。それはゼブラの言う通りだった。問題なのは、称号の部分だ。

タクマの中にいるナビも、慌てた様子で念話をする。

(マスター、これはまずいのでは……)

(言うな……分かってるから……)

タクマはこれからゼブラが口にするであろう話題を察して、頭を抱えたくなった。苦々しい表情を浮かべそうになるのをなんとか堪えながら、パミルとゼブラのやり取りを注意深く窺う。

パミルはじれったそうにゼブラに尋ねる。

「衝撃的というのは、一体なんなのだ?」

ゼブラは黙りこくっていたが、そのうち意を決した様子で口を開いた。

「衝撃だったのは、称号なのです。そこには……」

「そ、そこには……？」

全員が息を呑み、ゼブラの言葉を待った。

# 18 加護

ゼブラは顔を上げると、告げる。

「プロック様達の称号は……半戦神の加護というものでした」

その報告に、謁見の間がざわめく。異世界ヴェルドミールに存在する神は、主神・ヴェルドと邪神のみだと考えられていたからだ。

それが大きく覆《くつがえ》る事実が突如明らかになった事で、パミル達はあまりの驚きに口をあんぐりと開けて呆然としている。

なおパミルはヴェルドから、タクマが神に連なる種族である事は聞いていた。しかしあくまでタクマが人よりは高次な存在だと理解するに留まっていた。今聞いたように、戦神といったはっきりした名前があり、加護を与えられるほど神に近い存在だとは思いもよらなかったのだ。

タクマはパミル達の反応を見てほっとしていた。

神の領域に踏み入ったタクマは、現在半戦神という種族名になっている。しかし騒がれる事を避けるため、世間には知られないようにしていた。

プロック達の称号には、半戦神タクマの加護と表示されていた。しかしゼブラが、タクマの名前を隠して報告してくれたのだ。

先ほどゼブラは、タクマの方を窺っていた。おそらくその時のタクマの魔力の揺らぎを感知し、明かしたくない事実だと気が付いたのだろう。

ナビも安堵した様子で、タクマに語りかけてくる。

(鑑定士の彼に助けられましたね、マスター)

(ああ、とっさの判断だと思うが、ありがたいな。俺が半戦神だと明かされたら、平穏な暮らしが崩壊してたよ)

タクマはゼブラに大きな借りができたと感じていた。今後ゼブラが困った時には、手を差し伸べようと決心する。

しかし秘薬はヴェルドが作ったものだ。ヴェルドの加護ならともかく、なぜタクマの加護が表示されるのかは疑問が残った。

タクマは自分の意思とは関係なく加護を付与してしまうのではないかと少し不安になったが、今のところ理由は分からない。あとで確かめるしかないと思い、とりあえず周囲の様子を見守る。

パミルはなんとも言いがたい表情を浮かべて言う。

「せ、戦神だと……？　半戦神とはいえ、ヴェルド様と邪神以外に神がいるというのか？」

「おそらく、そういう事かと……ただ、私が見たのは称号のみで、加護の内容は確認できませんでした」

ゼブラはそう説明して、パミルに頭を下げた。

パミルは困った表情を浮かべて考え込む。そしてしばらく沈黙したあと、謁見の間にいる人々に告げる。

「新たな神の存在は、この世界を揺るがすような事実だ。だが、私はこの事をすぐに公表するのはやめたい」

パミルの言葉を受けて、謁見の間が再びざわついた。

貴族達は公表した方がいいのではないかと騒ぐが、パミルはそれらの意見を遮って言う。

「落ち着いて聞いてほしい。私がこんな事を言い出したのには理由があるのだ。それを話す前に、確認したい事がある。ゼブラよ、ヴェルド様の加護を受けた者を鑑定した事はあるか？」

即座に頷いたゼブラに、パミルは更に問いかける。

「ではその時に、ヴェルド様の加護の内容を見る事ができたか？」

「もちろん、見られました。私はかつてヴェルド様の加護を持つ方を何名か鑑定しましたが、全員の加護の内容を確認しております。鑑定結果は正式な文書として残されています」

パミルは深く頷くと、貴族達に問いかける。

「ゼブラの話を聞けば分かると思うが、通常、加護の内容は鑑定で見られるのだ。しかし今回の半戦神の加護については、内容を見る事ができない。これは、戦神のメッセージなのではないか？」

先ほどのヴェルドの顕現により、神へ畏怖心が高まっている事もあって、謁見の間の人々は真剣な様子でパミルの語る内容に耳を傾けていた。

パミルは更に続ける。

「つまり加護の内容が見られないのは、戦神による内容を見せたくない、または加護を明かしてほしくないと意思の表れだと思うのだ。それを無理に公表しては、神の意思に背く事になりかねない」

パミルの言葉を聞いて、タクマはほっとする。

（随分突飛な思い込みな気もするけど、なんかうまい具合に話が進んでるな）

タクマがそう感じた通り、貴族達はパミルの理屈にはっとした表情を浮かべていた。

パミルは半戦神の加護に関して箝口令《かんこうれい》を敷く宣言をすると、貴族達は納得した様子を見せていた。

こうしてパミル達の深読みのおかげで、戦神の存在はこれ以上世間に広まらずに済む事になった。


安心したタクマは、ナビに念話を送る。

（ところでナビ、一体どうして俺の加護が表示されたんだろうな？）

（私にも理解できません。マスターの意思で加護を与えたわけではないと思うのですが……）

もしタクマが無意識に加護を与えていたとしたら大問題だ。すぐにタクマが半戦神である事が世の中に知られてしまう事になる。

タクマとナビが頭を悩ませていると、念話に割り込んでくる存在がいた。

(タクマよ、何か問題が起こっているようだな)

(大口真神様?)

念話に入ってきたのは、大口真神だった。

大口真神はタクマの神力の揺らぎを感じ、語りかけてくれたのだという。

タクマが称号の事を説明すると、大口真神は言いづらそうに話し始める。

(それは我ら日本の神が原因だ)

そのあと大口真神からなされた説明に、タクマは衝撃を受けた。

タクマの家族達などに付与されている半戦神の加護は、ヴェルドによって厳重に隠蔽されてきた。

しかし、最近になってこの世界にイレギュラーな事態が起きた。日本の神である大口真神達の分体がヴェルドミールのタクマの自宅に留まっている事だ。

このため半戦神の加護というものの存在は、表に出る事はないはずだった。

それが原因で、ヴェルドはタクマの加護を隠蔽しきれなくなってしまったのだ。

大口真神は続ける。

(我ら日本の神々の分体は、現在人間界に固定されて戻れない状態になっている。ヴェルドはそれをこの世界の人々に隠すために、お前の加護を隠すのに割いていた神力を使ってしまったのだ)

更に大口真神は、秘薬にタクマの加護が付与された理由についても説明する。

そもそも結婚式で大幅な若返りが起きるたのには、二つの要因があった。一つは神力を浴びた事、もう一つはタクマと長い時間を共に過ごした事だ。

それで、ヴェルドは若返り秘薬を作る際に、この二つの要因を利用したらしい。このため、タクマの力の影響も加護として表示されるようになってしまったというのだ。

なお若返りにはヴェルド達の神力も影響しているが、こちらについては隠蔽が継続されているため、加護は表示されないとの事だ。

(……タクマよ、我らのせいですまないな。だが、安心してほしい。お主が心配していたように、知らないうちに誰かに加護を与えているという事はないぞ。それでも不安なら、お主が湖畔に戻ったところで神力の使い方を教えよう)

大口真神の謝罪を受けつつも、タクマは安心していた。一番危惧していた、無意識のうちに加護を与えるような事態は起きないと分かったからだ。

(大口真神様、気にしないでください。結果的に俺が半戦神だとバレなかったのですから、問題ありません。今後は隠蔽がされないと分かったので、そのうちヴェルド様と相談して別の対策を考えようと思います)

タクマがそう伝えると、大口真神は安心した様子で念話を終えた。

一方、パミル達は若返りの秘薬の服用に向けて話を進めていた。

パミルは偽装のネックレスを早く外したいので、もう飲んでもいいだろうと目を輝かせている。

そんなパミルを、ノートンがたしなめる。

「若返りの秘薬の安全性は確認できました。ですがパミル様をはじめ、王家の方々が服用するのは最後にしてください。念には念を入れて、コラル殿とザイン殿に最後の確認を行っていただきたいのです」

ノートンがコラルとザインにそう告げたのは、二人がダミーの薬を飲みやすい流れにするためでもあった。

コラルとザインはノートンの申し出を快諾し、若返りの秘薬を受け取った。蓋を取ると、一気に中身をあおる。

すると毒見役の三人の時と同じように、コラルとザインの身体から煙が噴き出した。

もちろん二人が飲んだ秘薬はダミーであり、煙が出るのはヴェルドが気をきかせて用意した演出だ。煙に紛れて、コラルとザインは偽装のネックレスを外す。

謁見の間を覆っていた煙が晴れると、そこには成人したてのような姿の二人がいた。

貴族達は二人の変わりように声をあげる。

「以前のコラル殿とザイン殿だ！」

「なんと若々しい！」

　ブロック達の変化も衝撃的だったが、同じ貴族として頻繁に接している相手が若返る様子が、更なる驚きを与えた。

　タクマとナビは、その様子を見ながら念話を交わす。

（ここまで長かったが、ザイン様とコラル様はようやく偽装を解けたな）

（はい、これでお二人とも堂々と城へ出入りできますね）

　周囲がざわめく中、コラルが口を開く。

「この場にいる方々に、秘薬を飲んだ体感を報告させてください」

　謁見の間の人々は、コラルとザインを見つめて静かになった。

　皆が落ち着いたのを確認して、ザインが話し始める。なお、コラルもザインも実際に秘薬を飲んだわけではないので、現在の体調を述べているだけだ。

「まず見ての通り、私は成人頃まで若返りました。体調については、毒見役の三人と同じで異常は感じられません。むしろ今までで一番調子がいいとさえ思えます」

　ザインの言葉に、コラルも同調する。

「私も全く同じ感想です。年を取って不調だった肩や腰などが全てすっきりと軽くなりました」

　いきいきと話す二人の様子を見て、ノートンはようやく納得した様子だ。

　ノートンは王族であるパミルや王妃達に対して、危険なものを口にさせるわけにはいかないと考えていた。このため計画はさておき、とにかくダンジョンの報酬である薬が安全かという確認を執拗に行ったのである。

「報告ありがとうございます。これで王族の方が飲んでもさしつかえないでしょう……では貴族の皆様にお聞きします。パミル様と王妃様らが若返りの秘薬を服用するのに反対の方はいますか？」

貴族達の中に、異を唱える者はいなかった。

自分が服用する番になるのを今か今かと待ち構えていたパミルは、早速王妃二名を伴ってゼブラのもとへ歩み寄る。

「やっと許可が出たか！　神が与えた薬に、副作用などあるまい！」

待ちくたびれたパミルは、今までの念入りな確認を無視したような、なんとも残念な台詞を口にした。

喜び勇んでゼブラから秘薬を受け取ろうとしたパミルだったが、手首を掴まれて動きを止める。

パミルがぎょっとして目を向けると、手首を掴んだのはノートンだった。

コラルとザインはため息を吐いてその様子を見守る。

「ああ……ノートン殿を怒らせたぞ……」

「パミル様はいつも一言余計なのだ……」

ノートンはパミルから秘薬を取り上げると、底冷えするような低い声で告げる。

「私がしつこいくらい確認したのは、パミル様のため、ひいてはパミル王国のためだという事が分かっていないようですな……」

ノートンの顔には、怒りがありありと浮かんでいた。

「そ、その手を離すのだ！　やっと私が飲む順番に……」

ノートンは慌てるパミルの言葉を遮る。

「飲んでいただくのは構いません。ですがその前に、私の考えを理解していただきませんとなあ……ああ、皆様。私とパミル様はじっくりと話し合いをする必要が出てまいりました。この場は先代の宰相であるザイン殿にお任せしてもよろしいですか」

有無を言わせないノートンの言葉に、他の貴族達は顔を青くして頷いた。

ザインは苦笑いを浮かべながら、ノートンに言う。

「引き受けよう。パミル様にはしっかりとノートン殿の考えを聞いてもらう必要があるようだしな」

「……ええ、それはもう。では皆様、またのちほど」

ノートンはパミルの腕を強く掴み、扉の方へ引きずっていく。

「お、おい！　こら！　まだ謁見は終わっていないのだぞ!?　王がいなくては進まないではないか！」

「王という立場でありながら、なぜ謁見を中座する事になったのか……それをあなたが理解できるまで、私の話を聞いていただきましょう」

パミルは必死に抵抗していたが、そのままノートンに連れ去られていった。

パミルがいなくなったところで、貴族達はため息を吐きつつ、ぼそぼそと呟く。

「我が王ながら、全く……」

「だから残念な王だと言われるのだ……」

「政務では有能なのにな……なぜああも一言多いのだ」

二人の王妃はパミルの失態について、恥ずかしそうに謝罪を口にする。

「わが夫ながら申し訳ございません……」

「あのような台詞をお聞かせして、情けない……」

ザインは首を横に振ると、王妃達に言う。

「お二人が謝る必要はありませんよ。ノートンに絞られれば、さすがにパミル様も反省するでしょう。その間に、王妃様方は若返りの秘薬をお飲みください」

ザインの言葉に頷くと、王妃二人は若返りの秘薬を手に取り、ゆっくりと飲み干す。

白い煙が噴き出し、コラル達の時と同じように王妃達は偽装の首飾りを外した。

煙が晴れると、そこには若返った王妃達の姿があった。

# 19　提案

謁見の間の人々は、全員で王妃二人の美しさに息を呑む。

「おお……王国でも一、二を争う美女と言われたお二人の、絶頂期の姿を再び拝見できるとは……」

「なんと尊いお姿なのだ……」

貴族達が王妃達の美しさに皆が見とれていると、プロックが咳払いをした。

「皆、少しいいかのう？」

周囲の注意が王妃達から自分に移ったところで、プロックは言う。

「儂らは王城のような政治の舞台には慣れておらんし、突然数十歳若返ったのは衝撃じゃった。毒見の役目も終えた事だし、そろそろ湖畔に戻らせてくれんかのう。頭を整理するためにも、少し休みたいんじゃ」

ザインはそれを聞いて考え込んだ。王からの褒賞を与えずに帰すわけにはいかないと考えたのだ。

ザインはプロック達三人を説得する。

「確かに役目は果たしてもらったが、パミル様が戻り、褒賞を渡すまで待っていただけないか？ダンジョンを攻略してくれたタクマ殿の今後についても、パミル様から沙汰があるはずだ。プロック殿やエンガードご夫妻は、タクマ殿の商会の後見人のようなものだと聞いている。叶う事なら、全てが終わるまで見届けていただきたい」

それを聞いたブロック達は、タクマのためならと考えて、この場に残る事を決めた。

話が一段落すると、ザインがおかしそうに言う。

「それにしても、ブロック殿……若返った今、その喋り方には違和感があるな。若者がわざと老人の口調をまねているようだ」

ブロックは呑気な様子で応える。

「そうじゃのう……頭では分かるのじゃが、この喋り方は長年染みついたものだからのう。直すのは大変じゃよ。それにザイン殿の喋り方も、威厳がありすぎて見た目と違和感があるぞい」

「お互い様というわけだな。若返りはいい事づくめだと思っていたが、そうでもなかったか」

笑い合う二人に、周りもつられて笑みを浮かべた。

ひとしきり笑ったあと、ザインはタクマに声をかける。

「ところで、タクマ殿に聞きたい事があるのだ。タクマ殿はダンジョンに赴く前、パミル王国の守護者となってくれると言っていたな……それはありがたいし、喜ばしい事だ。だがタクマ殿には湖畔の土地があり、家族達と幸せに暮らしている。わざわざ王国の守護者として名乗りを上げる必要はないのではないか？」

その言葉にタクマは少し困った表情を浮かべる。タクマの中には理由があるのだが、それを話してもザインが納得するか分からなかったからだ。

黙っているタクマに、ザインは言う。

「私は君を困らせたくて聞いているわけではないのだ。ただ、タクマ殿の負担が大きすぎるのではないかと、少し心配でな。キーラ殿の事といい、タクマ殿には世話になり通しだ。王国の守護者になれば、更に問題を抱え込む事になるのではないか？」

タクマはザインの気遣いに感謝し、自分の考えを話していく。

タクマが王国の守護を請け負うと約束したのは、そもそもパミルがダンジョンで若返りの秘薬を手に入れるという計画を発案したからだった。若返りの騒動によって、タクマや家族達に危害が及ばないようにしたいというのが、パミルとヴェルドの願いだった。

そのように彼らはこの計画を編み出したわけだが、たとえ若返りアイテムがもう手に入らないと周知しても、若返った者が完全に安全であるとはいえない。執念深い者なら若返った人間の身体からその製法を調べようとつけ狙う可能性もあるからだ。

また、若返った者のうち、パミル以外の人間なら逃亡したり姿を隠したりする事もできる。しかし王であるパミルにそれは不可能だ。

そうしたデメリットを顧みず、パミルはタクマ達のために矢面《やおもて》に立つ事を決めた。それを意気に感じたタクマは、王国の守護を行うと告げたのだ。

もちろん、タクマが王国の守護者になると決めたのはそれだけではなく、自分自身のためでもあった。

タクマは日本から飛ばされてきた人間であり、ヴェルドミールの人々からすれば、自分は異質な存在だと感じていた。だからこそ、初めは誰もいない場所に住みたいとすら考えてきた。

しかし、家族が増え、夕夏と結婚した今、タクマの思いは変わってきていた。

「この世界でできた大事な人達を、俺は失いたくありません。王国の守護者になる事で、その人達を守れると考えたんです。そうすれば、この世界にも故郷ができるような気がしました」

タクマの言葉に、ザインは苦笑いを浮かべる。なんとも不器用な考え方だと感じたのだ。

「タクマ殿の考えは分かった。だが、頑なにこうだと決め込むのもよくないぞ。タクマ殿の願いを叶えるためにどうすべきか、パミル様にも相談してみてはどうだろう」

守護者になるべきだと決まったわけではないと言うザインの気遣いに、タクマは感謝して頭を下げたのだった。


しばらくすると、謁見の間の扉が開いた。

そこには真っ青な顔をしたパミルが立っていた。ノートンに説教されたのがかなり堪えた様子だ。その後ろにはノートンが控えており、パミルが再びやらかさないか監視している。

パミルはぐったりしながら言う。

「皆の者、待たせてしまったな。私の失言のせいで謁見が中断してしまい、申し訳な……い……？」

謝罪の途中で妻達の姿が目に入り、パミルは言葉を失う。若返りの騒動の際、既にその姿は見ているのだが、それでも見とれてしまうくらい二人は美しかったのだ。

ぽかんと口を開けるパミルの姿に、王妃達は呆れた表情を浮かべる。

「全く……私達を見ている場合ではないでしょう」

「その通りです。早くこちらに戻ってきなさい、馬鹿亭主！」

王妃二人に叱責され、パミルはとぼとぼと王座に歩を進めたのだった。


パミルが謁見の間に戻ってから、少し時間が経った。

貴族達は、パミルの姿を見てひそひそと囁き合う。

「うん、若い頃のパミル様だ……」

「そうだな、若返っておられるな……」

パミルはようやくダミーの秘薬を服用し、偽装を解いて若返った姿となっていた。

しかし、誰一人驚く者はいない。

毒味役のプロック達、ザイン、コラル、王妃達と、若返りを続けざまに目にして慣れてしまったのだ。そして直前の王妃達の美しさが大きなインパクトを与えたのに比べ、謁見の間の人々の目には、パミルの若返りは地味だった。

パミルは悔しそうな顔で、ぶつぶつと不平を言う。

「くっ……皆の反応が薄い……やっと私の順番が来たというのに……普通なら驚くところであろう!?」

このパミルの呟きはしっかりと皆の耳に届いていた。パミルに向けて、謁見の間の人々全員が冷たい視線を送る。

ノートンは突き放すように言う。

「全く……子供みたいな不満を口にしないでください。いくら若返ったとはいえ、かわいくもなんともありませんよ。それよりも、あなたのせいもあってこんなに長時間かかってしまったのです。早く謁見の議題を進めてください」

パミルはふてくされながら玉座に座った。

そして若返りの秘薬の献上がようやく終わったので、次の話題はタクマの攻略したダンジョンをどう扱っていくかというものになった。

まずタクマが謁見の間に集まった人々にダンジョンの事を説明する。

パミル王国の軍でさえ手を焼いていたダンジョンだったが、攻略したタクマが所有者となった事で、難易度を自由に変更できるようになったと告げた。

続いて、タクマは自分の考えをパミルに話す。今まで国が監視してきたダンジョンだが、家族達の訓練の場として使っていくというものだ。

タクマが話し終えると、パミルはコラルと全く同じ質問をした。

「タクマ殿は、私設の軍でも作るつもりなのか？」

湖畔の住民達の中には、腕の立つ者達もいる。それを更に鍛えるといえば、パミル達が脅威に感じるのも仕方のない事だった。

「いえ。子供達に経験を積ませたり、大人の運動不足を解消したり……そういう場として使いたいだけです」

タクマの説明に、パミルを始めとした王国の重鎮達は呆れる。

「ダンジョンを私物化して道場のように使うというのか……」

「冒険者に向けて有料開放すれば、一生安泰なのに」

国の管理しているダンジョンの中には、そのようにして収益を得ているものもあった。そしてその儲けは、国の重要な収入源となっている。

タクマがそういった手法を取らないと聞いて、パミル達はぽかんとしている。

「そんな利益のない使い道で、本当にいいのか？」

パミルに聞かれ、タクマは答える。

「有料開放というのは魅力的かもしれませんが、俺には別の収入源があるので問題ありません」

パミルはタクマの発想に驚いたが、若返りの件も魔族の件も、ほとんどタクマの力で解決してもらっている恩がある。それにタクマが所有者となったダンジョンに、あれこれ口出しする権利はないだろう。パミルはそう考えて、タクマの要望を全面的に許可すると決めた。

タクマはパミルの対応に礼を言い、話を続ける。

「俺のわがままを聞いてくださり、ありがとうございます。ここからは、別の提案です。多分、王国の利益にもなると思います。例のダンジョンは難易度が高すぎて軍でも攻略できず、監視のみを行っている事は、他国にも知られている……間違いありませんか？」

パミルは頷きつつも、タクマの考えが読めずに首を傾げる。

「確かにその通りだが、それと王国の利益とどんな関係があるのだ？」

タクマはニヤリと笑う。

「つまり、今のところダンジョンが攻略された事を他国は知らないし、外交の際に明かさない限りこれからも知られる事はない。今まで通り、王国の管轄下にあるものの、活用されていないダンジョンだと受け取られる……ですよね？」

「そうだ。あのダンジョンの詳細を他国が知る事は、基本的にない」

パミルが認めると、タクマは本題に入る。

「それなら、中で王国軍が何をしていても、漏れはしないという事ですよね？　それならダンジョンを、パミル王国軍の演習場としても利用してはどうでしょう」

タクマの提案を聞き、貴族達がざわつく。

通常、軍の演習は町から離れた場所で行われる。このため大々的に演習をすれば、近隣諸国を刺激していると受け取られる時もある。

パミル王国では他国を侵略するためではなく、自国を守るために軍を擁している。だが周囲の国に誤解されるのを防ぐために、今まで満足な訓練ができずにいた。

「そうか、それは思いつかなかった！」

「攻略不可能と言われたあのダンジョンであれば、他国も気付くまい」

貴族達がダンジョンの有用性を理解したので、タクマは話を続ける。

「あのダンジョンで大規模な演習をして軍のレベルを上げれば、王国の守備力も高まるでしょう。しかもダンジョンの難易度は自由自在です。軍人のレベルに合わせた演習が可能となれば、使わない手はないでしょう？」

タクマの言葉に、パミル達は目を輝かせた。

しかし浮かれた人々の様子を見て、タクマは念のため釘を刺しておく事にする。

「ただし、俺がこの提案をしたのはあくまでも王国を守るためです。万が一その事を忘れ、王国から他国に喧嘩を売るような事があれば……」

タクマは魔力を解放し、貴族達に自分の魔力を体感させ、警告を与えた。

貴族達は冷や汗を流しながら、タクマの言葉に聞き入った。

パミルも真剣な眼差しでタクマを見て言う。

「軍の使い方次第では、君は躊躇《ちゅうちょ》なく我々を見限るという事だな？」

「ええ……俺は自分と家族の居場所を守るために今回の提案をしました。それを守れない国に、手を貸す筋合いはありません。俺はようやく手に入れた今の生活を気に入っています。それを壊すなら、相手が誰であろうが戦うつもりです。他国に戦争を仕掛ければ、国民のみならず、俺の家族も危険に晒されます。それだけは避けたいのです」

謁見の間にいる人々は、タクマの言葉を胸に刻んだ。

パミルも真剣な面持ちで言う。

「……分かった。以前にも言ったかもしれんが、改めて誓おう。我がパミル王国は自ら戦争を起こしたりはしない。タクマ殿のダンジョンで培《つちか》った軍の力は、国土と民を守るために使う。これについてはダンジョンを使うにあたっての契約書を作り、内容を必ず守ると約束する」

パミルはそう言うとノートンを呼び、すぐ書類を作るよう指示を出した。

慌ただしく謁見の間を出ていくノートンを見送ったあと、パミルは深いため息を吐きながら口を開く。

「もともと私は、他国に喧嘩を売り、国土を広げたいという気持ちは微塵《みじん》も持っていない。それよりも、今ある国土をどう繁栄させるかが大切だからな。そう言われても信用しきれんかもしれないが、これが本心なのだ」

パミルはタクマの目を見て、そう告げた。

タクマはその眼差しを見て、パミルが本当に争いを望んではおらず、王国を大切にしたいのだと感じた。

「……分かりました。パミル様を信じます」

タクマの言葉を聞き、パミルは安堵の表情を浮かべる。

その時、謁見の間にノートンが戻ってきた。手に二枚の契約書を持っている。

「タクマ様、ダンジョン使用にあたっての約束を、書面に起こしました。内容をご確認ください」

タクマは契約書に目を通す。そこにはタクマの提案と、パミルの誓いが記されていた。二通ある契約書に書かれている内容は同じである。

「問題ないと思います。ではこの内容で契約を交わしましょう」

タクマはアイテムボックスからペンを取り出し、自分のサインを書き込む。パミルも同じようにサインし、契約書はそれぞれが一通ずつ保管すると決まる。

タクマとパミル王国の契約が交わされ、ダンジョンの賃料に話が移った。

タクマは無償で構わないと考えていたのだが、プロックが反対した。

「商会長も商人なら、きちんと料金を取るべきじゃ。ダンジョンが使えるのは、商会長が攻略したからこそじゃろう」

プロックに続き、ノートンも言う。

「プロック殿の言う通りです。貸し借りする立場をはっきりさせるためにも、使用料を取っていただかなければ。タクマ殿がよろしければ、料金は商会を通じてお支払いいたします」

タクマはあまり金に執着がなかったので、二人の言葉にたじろぐ。とはいうものの、忠告の内容は納得できるものだった。

タクマは安易に無償でいいと言ってしまったのを謝り、賃料の受け渡しは商会に行ってもらうよう取り決めた。

そしてタクマはブロックの方に向き直ると、にっこりと笑みを浮かべる。

タクマの作り笑いを見て、ブロックはなんとなく嫌な予感がした。

タクマは顔に笑顔を貼りつけたまま言う。

「さて、ブロック。これまで商会の相談役で気楽な隠居生活だったろうが、活力が戻った今は、もっと働かないと落ち着かないだろ……？」

そこまで口にすると、タクマはブロックの両肩に手を置く。

「というわけで、相談役はこれで終わりだ！　これからは副商会長として商会を盛り上げてくれ。さしあたり副商会長としての初仕事は、ダンジョンの使用料をいくらにするかの交渉だ。うまくまとめてくれよ？」

突然宣言され、ブロックは硬直する。いきなり現役に復帰するよう言い渡されたうえに、王国とのやり取りを丸投げされてしまったからだ。

「商会長……！」

あまりにも急すぎるし、人使いが荒すぎる。ブロックはそう思って抗議しかける。

だがブロックが何か口にする前に、タクマが言う。

「ブロックを副商会長にするっていうのは、いい案だろ？　もともと俺に商会を興すよう言ったのもブロックだしな。若返ったなら、ますます活躍してくれるはずだ」

呆気に取られるブロックだったが、タクマの目は真剣そのものである。

タクマが本気である事を悟り、ブロックは大きなため息を吐いて言う。

「……冗談で言っているわけではないようじゃな。となれば、本気には本気で応えるしかないのう……分かった。商会長の指名、受けようではないか。儂の持っている経験も知識も、全て商会のために使わせてもらうぞい」

こうして副会長になる事を承諾したブロックは、ノートンを相手に、別室でダンジョンの使用料を協議する事になった。

ノートンは謁見の間を出る前に、パミルに告げる。

「パミル様、ダンジョンの使用料は長く続く事になるであろう大事な契約ですので、私達はいったんここから失礼して、別室で金額を決めてきます」

「うむ、任せる。ただ、お互いに納得できる公平な取り決めにするのだぞ。どちらかだけが得をするような事はないようにな」

パミルに注意され、ノートンは深く頷く。

そしてノートンは、ザインにも言葉をかける。

「ではザイン殿、私の代わりにこの場をお任せしてもよろしいですかな」

「うむ、この場は任せよ。プロック殿は一筋縄ではいかんぞ。こちらの事は気にせず、交渉に集中してくれ」

苦笑いを浮かべたノートンは、プロックと一緒に謁見の間を退出していった。

謁見の間に残った面々が次の議題へ移ろうとしたところで、ザインが制止した。

「次の議題に移る前に、少し休憩にせぬか？　色々な事件が起こったので、皆さんクタクタだろう」

ザインの言う通り、謁見が始まってからかなりの時間が経過していた。謁見の当初から緊張しっぱなしだった貴族達には、疲労の色が濃い。皆一様にザインの提案に賛同した。

その様子を見て、パミルも許可を出した。

こうして、一時間の休憩が挟まれる事となった。

「ではいったん解散するが、城からは出ないように。各々、控室で待機してくれ」

ザインの言葉を受けて、貴族達はぞろぞろと謁見の間を出ていく。

一方でタクマは首を傾げていた。

（退出する順番は、俺達が最初じゃないのか……）

このような公《おおやけ》の集まりでは、一番身分の低い者から移動する事が多い。

しかし今回、ザインはタクマを最後にしていた。

ナビは予測した内容をタクマに伝える。

(おそらくですが、ザイン様はマスターと何か話があるのではないでしょうか。だから貴族を先に退室させたのだと思います)

タクマとナビがザインの行動を見守っていると、ザインは騎士達に指示を出し、謁見の間にテーブルやソファを次々と運び込ませていた。

謁見の間の一角に休憩するスペースができ、ザインがタクマに声をかける。

「タクマ殿、色々と話したい事があるので、休憩はこちらに座りながら取ってくれるか?」

それで休憩になるのか疑問だったが、タクマはザインに言われた通り、ソファに腰かけるのだった。

## 20 出店の相談

タクマと守護獣達、ルーチェ、チコ、そしてパミル、ザイン、コラルが謁見の間に残っている。

「ふう……色々ありすぎて疲れたな……」

パミルはそう言うとソファにどっかりと腰かけ、大きなため息を吐く。

タクマは苦笑いを浮かべて言う。

「確かに色々とありましたが、疲れたのはパミル様自らの失態が原因じゃないですか？」

タクマの言葉に、ザインとコラルは深く頷く。

「全くです。あのような発言をすれば、ノートン殿が怒るのも無理はありません。私が同じ立場だとしたら、あの程度では済まないかもしれませんな」

ザインとコラルに苦言を呈されたパミルは、咳払いをしながら、慌てて話を逸らそうとする。

「んん！　それはノートンに重々言い含められている。次から気を付けるので、勘弁してくれ……それよりも！　私はタクマ殿と話しておきたい事があるのだ」

タクマはやれやれという表情を浮かべる。

「今、あからさまに話を逸らしませんでしたか？　まあ、いいですけど……で？　俺と話しておきたい事とはなんでしょう」

「うむ、他でもない。君の後ろに控えている二人……ルーチェとチコについてだ」

ルーチェとチコは、突然名前を出されて驚いた様子だ。

タクマはパミルの意図が読み取れずに尋ねる。

「一体なんでしょうか」

「まずはチコについてだ。彼は昨日付けで王国軍から離れ、その後はタクマ殿のもとで働くと聞いている。タクマ殿はそれについて、どのように考えているのだ？」

チコの話をあらかじめ聞いていたタクマは、今思っている事を述べる。

「俺としては、チコが来てくれれば助かると思っています。王国との橋渡しをしてもらうのにはうってつけの人材ですし、大歓迎ですよ。チコがうちに来てくれれば、家令であるアークスの負担が減って助かります」

アークスの仕事量が多い事をタクマはずっと気にかけてきた。ただでさえ忙しいのに、今後タクマと王国の関わりが増えれば、更に任せる業務が増える事が予測される。

だからタクマからしても、王国との連絡を仲立ちしてくれるチコのような人材は、喉から手が出るほど欲しいものだったのだ。

チコはそんなタクマの言葉を、嬉しそうに聞いている。

パミルはタクマの言葉に頷く。

「なるほどな。ではこれからはチコを介して連絡を取り合うという事か？」

「そうですね。プライベートな事は別ですが、依頼についてはチコを通してもらおうかと」

タクマは湖畔にいる人材それぞれで、役割を分担してもらう事を考えていた。商売はプロック、家族達にまつわる庶務はアークス、王国に関する事はチコといった具合だ。

パミルは残念そうに言う。

「チコは王国軍の中でも優秀な存在だったと聞いている。本当の事を言うと、たとえタクマ殿のもとであれ、人材を流出させるのは惜しいのだが……チコ本人の意志も固く、受け入れる側のタクマ殿も欲しているのであれば、縛る事はできないな」

パミルはタクマとチコ、どちらかにその気がないのなら引き留めようとしていたらしい。だがお互いに望んでの事だと理解し、快く送り出すと告げた。

王から直々に褒められて、チコは恐縮している。同時に円滑に転職できそうだと分かり、安堵してもいる様子だった。

「チコの事はこれでよしとしよう。だが問題は……」

パミルは困った顔で、ルーチェに視線を移す。

パミルが口ごもったので、タクマは首を傾げた。

パミルの素振りからして、ルーチェの話題であるのは間違いなさそうだ。

「ルーチェがどうかしたのですか？」

パミルはタクマに言われ、おもむろに口を開く。

「実はルーチェからも、タクマ殿の所に行きたいという話を聞いているのだ」

ルーチェがそんな事を思っていたと知らなかったので、タクマは驚く。

ルーチェはタクマの様子を見て、申し訳なさそうに言う。

「タクマ様に相談するタイミングがなく、今になってしまいすみません。もし許してもらえるなら、私もチコのようにタクマ様のために力を使いたいと思っています」

ルーチェがタクマの所で働きたいと思った経緯は、次のようなものだった。

宮廷魔導士として高慢な態度を取ってきたルーチェだったが、タクマ達と共にダンジョンを攻略した経験から、大きく変われたと感じていた。同時にタクマと出会ったからこそ、自分の愚かさに気付く事ができたという思いも抱いていた。

このため、タクマのもとで働いた方が、より成長できるのではないかと考えるに至ったのだ。タクマのために働く事で、今まで世話になった恩返しもできる。

ルーチェがそう話し終え、パミルは自分の見解を述べる。

「ルーチェが行動を改めた事は、報告で聞いている。今まで国から注意を与えても考えを改めなかったルーチェが、タクマ殿のもとでは成長する事ができた。つまり、ルーチェには王国で働くより、タクマ殿のもとに行く方が合っているのではないだろうか」

そこまで話したところで、パミルは改めてタクマに問いかけた。

「ただ、ルーチェはダンジョンでタクマ殿にかなり迷惑をかけたとも聞いている。だからこそ確認したいのだが……君はルーチェが必要か？」

タクマは迷わずに答える。

「ルーチェも来てくれるというなら、それは心から歓迎しますよ。過去に問題を起こしたかもしれませんが、今は変わったのだと俺は信じます」

タクマはダンジョンでルーチェと行動を共にした。確かに初めは問題行動ばかりだったが、最後には真っ当な行動を取れるようになっていた。

自らの過去を恥じて、包み隠さず国に報告した彼女なら、湖畔で引き受けても問題ない。タクマはそう判断する。

「それに、ルーチェは宮廷魔導士ですからね。子供達の魔法を見てもらうために必要な人材です」

タクマの言葉に、ルーチェは目を潤ませた。迷惑ばかりかけた自分を必要だと言ってくれたからだ。タクマに報いるためにも、精一杯働こうと決心する。

パミルはわざとルーチェを試すように厳しい言葉で問う。

「ルーチェよ。君に与えられる仕事は、思った以上に重要そうだ。タクマ殿は子供達をとても大切にされているからな。その覚悟を持って職務にあたれるか？」

ルーチェは背筋を伸ばし、パミルを見て答える。

「はい！　私の持っている知識や経験の全てを、子供達に伝授します」

今までのルーチエでは考えられないような快活な返答に、パミルは満足そうに頷く。

「では宮廷魔導士の職は解く。代わりにタクマ殿のもとで励むようにな」

チコとルーチェの処遇が決まり、タクマとパミルはようやく一息吐く。

パミルは用意されたお茶に口をつけながら、タクマに尋ねる。

「そういえば、タクマ殿の商会は王都に店舗を構えるつもりはないのか？」

「以前プロックにも同じ事を言われたのですが、今のところ予定はありません」

タクマの言葉を聞いて、パミルは悩むような様子を見せた。そして意を決した表情で、話を切り出す。

「そうか……実はタクマ殿に一つ相談があるのだ。先日、タクマ殿の商会は王家御用達となった。そして御用達となった商会は、王都に本店を移すのが慣習なのだ」

初めて聞く話だったが、そういう慣習となっている理由はタクマにも理解できた。

「つまり、王家から依頼のあった商品を早く納めるためには、王都に店舗を持つ必要があるという事ですよね？」

「そのとおりだ。王都に本店を置くのは、その商会が王家と密接な関係を築いているという証明にもなる。まあ、そんな証明はタクマ殿にとって無意味なのかもしれん。しかし慣習を破ったせいで、他の商会から色々と勘ぐられても、得はないだろう。なので、本店でなくてもいいから、せめて一軒くらいは店を作らないか？」

パミルがタクマの店が周囲から不審がられ、商売を妨害されたりしないかと心配していた。

パミルに勧められたタクマは、念話でナビに相談する。

(なあ、ナビ。どう思う？)

(そうですね……私は王都に店舗を作るのには賛成です。ただトーランの時のように自由に、かつ安全に商売ができるかといえば、答えはノーでしょうね)

タクマもナビと同じ事を考えていた。

トーランの防衛にはダンジョンコアが使われている。更に聖域化によって、悪事が働けない場所となった。だからトーランは、タクマが思い描くような店を展開するのにうってつけの場所だった。

一方、王都にはトーランと比べ物にならないほどたくさんの商会がある。今までのようにタクマのアイディアで日本の文化を取り入れたり、魔力を使って内観を操作したりといった奇抜な店は、商売敵の悪意に晒される可能性がある。

(……でも、パミル様の言う事も分かる。うちだけが慣習を無視してたら、角《かど》が立つだろうしな)

タクマが悩んでいると、今まで黙って聞いていたザインが言う。

「随分と悩んでいるようだな。しかし、タクマ殿が何を考えているのかはおおよそ察しがつく。王都にトーランのような規格外の店を作るのは危険だと思ったのだろう?」

考えを見透かされて、タクマはハッとした表情でザインを見た。

ザインは笑みを浮かべながら言う。

「図星だったようだな。それに、タクマ殿の懸念は正しい。もしも王都にタクマ殿が経営している宿屋・鷹《たか》の巣亭《すてい》のような店を作れば、周囲から妬まれて、妨害を受けてしまうだろう。だが、工夫すれば乗りきれるはずだ」

ザインはタクマにある提案をした。それは王都の店舗を会員制にするというものだ。更に会員になれるのは、王家から紹介があった者だけに限定する。

「このように他の商会とは違う営業形態を取れば、不要な軋轢《あつれき》を生まなくて済むだろう? 店舗を王城の側に作れば、襲撃を受ける事もないはずだ」

素晴らしい提案だと、タクマは感じた。会員制にすれば客は信用のある者だけに限定されるので、安全が確保しやすい。

（ザイン様の提案を取り入れれば、王都でも自由に店が作れそうだ。店舗に常駐してもらう人間は、空間跳躍の扉を設置したら湖畔から通えるしな）

タクマは出店についてより具体的に考えたいと思い、ザインに尋ねる。

「ザイン様。城の側にと仰いましたが、使えそうな場所があったりするんでしょうか」

「ああ、貴族が住居を構える区画に、城の正門から二分ほどの土地がある。その場所なら、パミル様の許可があれば、すぐにでも商会に所有権を移せる」

ザインが薦めてきた場所は、粛清《しゅくせい》された貴族の住居の跡地だった。ザインの話を聞く限り、そこなら立地も広さも、店を立ち上げるために申し分なさそうだとタクマは感じた。

最初は王都に店を持つ事を悩んでいたタクマだったが、ザインの提案した形態ならいけそうだという気持ちに変わりつつあった。

ただ、ここで即決するのは難しかった。新たな店を出すとなれば、副商会長であるプロックにも話を通す必要があるからだ。

「いったん持ち帰り、話し合ってから返事をしてもいいでしょうか」

タクマがそう確認すると、パミルは時間を取ってよく考えるようにと言ってくれた。

# 21　投資と依頼

休憩の時間が終わり、貴族達が謁見の間に戻ってくる。

それと一緒に、ブロックとノートンも姿を見せた。ダンジョンの賃貸について、話がまとまったのだ。

全員が謁見の間に揃ったところで、ノートンがダンジョン賃貸の取り決めについて発表した。

ダンジョン使用に関しては、王国が年間使用料として一億G《ガル》を支払う事や、軍が演習を行っている際のドロップアイテムは王国のものとするが、国庫からの出費を抑えるため、換金して使用料の一部とする事などが読み上げられていく。

「最終的にはダンジョンで手に入るアイテムの収益だけで、使用料を賄っていくつもりです」

ノートンは得意そうに言う。

軍の戦闘レベルを底上げできれば、より強いモンスターを倒せる。そうすれば、価値の高いドロップアイテムが手に入る。

ノートンの試算では、演習を繰り返すうちに使用料の採算が取れるようになるとの事だった。

タクマは感心して呟く。

「ダンジョンの使用料がかなり高額だと思ったが、それは先行投資のようなものって事か……」

ノートンはニヤリと笑みを浮かべる。

「その通りです。現段階では軍隊だけで一億Gの利益を上げる事は不可能ですが、軍が強くなるほど、ドロップアイテムによる収入は増えていくでしょうからね。それ以外の点でも、王国に様々なメリットをもたらすと考えています。強くなった軍隊の防衛によって国内は安定し、民が安心する事で生産性も高まるでしょう」

それを聞いて、タクマはある懸念を口にする。

「しかし、軍が力をつけすぎると問題も起こるんじゃないですか？」

ノートンはタクマが指摘した事についても、備えがあるという。

「タクマ殿の言う通り、軍が力をつければ政治に関与してくる危険があります。そうならないために、王国では軍人を政治に関与させない決まりになっています。そしてダンジョンを借りた事を機に、これからは全ての軍人に規則を設ける事にしました」

ノートンは書類をめくりながら説明する。

「得た力は防衛以外には使わない事、軍の行動については全て守秘する事を義務付け、契約書を交わす予定です。この事は、タクマ殿の力を秘密にするためにも役立つと考えています」

タクマは思わず聞き返す。

「……秘密？」

タクマはこれから王国の守護者になろうと考えている。それなのに力を秘密にするのは不自然だ。タクマの反応を見て、パミルが言う。

「実はノートンやコラル、ザインと相談した事があってな……」

パミルはどのように話すか悩んでいる様子だった。しばらく経ってから、ようやく決意したような表情を浮かべる。

「タクマ殿が王国の守護者になってくれるという申し出は、とても嬉しいものだった。しかしその申し出を受けたあとに、話し合って考えたのだ。それではあまりにも我らにだけ利益がありすぎる。君にだけ負担を強いるのは違うのではないかという結論に至ったのだ」

パミルは更に自分の考えを述べる。

「一度諸手《もろて》を挙げて歓迎した案ではあるのだが、その時に気が付くべきだった……それではいけなかったのだと」

タクマが守護者として王国側についてくれれば、安心なのは確かだ。タクマの力は突出している。きっと全ての害悪から守ってくれる。一方で、タクマの立場に立って見れば、平穏な日々がなくなってしまうかもしれない。

パミル達は国の守護者となったタクマが、幸せを感じられるのだろうかと考えたのだそうだ。

「守護者として我らを守ると言ってくれたのは嬉しかった……だが、君の幸せはどうなる？　我々は……友である君の幸せを奪いたくないのだ」

切々と語るパミルの目を見て、タクマは自分の提案が彼らを迷わせてしまった事に気付く。

パミルは続ける。

「どうだろう、タクマ殿。守護者としてではなく、今まで通りの立場で王国と付き合ってはくれないだろうか？」

パミルの言葉は、タクマの胸に響いた。

タクマが守護者になれば、王国のメリットは計りしれない。しかしそのメリットよりも、タクマの事を気遣い、優先してくれたパミル達の思いに、タクマは感謝する。

「俺の事を気にかけていただき、ありがとうございます……」

頭を下げるタクマに、パミルは目を丸くする。

その反応を見たタクマは、苦笑いを浮かべて言う。

「そんなに驚かないでください。いくら俺でも、気遣ってくれた相手には感謝をしますよ。ですが、いいのですか？　軍のレベルが上がるまでには時間が必要です。その間に危険が訪れたら、どう対処するのでしょうか？」

タクマの懸念を聞いて、ノートンが口を開く。

「タクマ殿は先の事を考えてくれているようですね。確かに軍が力をつけるまで数年はかかるでしょう。その間、王国は危険に晒されるかもしれません」

ノートンの言葉に、貴族達が反応する。

「それが分かっていて、なぜタクマ殿を守護者にすえないのだ！」

「そうだ！　軍が力をつけるまでの間、どうやって国を守る⁉」

貴族達は決定に不満を覚え、ノートンに食ってかかった。

それをコラルが、底冷えのする声で制止する。

「黙れ。ここをどこだと思っておるのだ。王の御前で見苦しいぞ」

貴族達は息を呑んで静かになる。コラルはもともと武闘派として名を挙げた貴族だ。若返ったコラルの言葉は、威圧感のあるものだった。

コラルは厳しく言う。

「お前達は民の上に立ち、導く者でもあるのだぞ。まだ話も終わっていないのに狼狽えるなど、自らの無能さを主張しているのと変わらんぞ。前向きな意見を出せないのなら、少し黙っているのだな」

貴族達は顔を青くしてうなだれる。

その様子を見ていたパミルも口を開く。

「よいか、皆の者。タクマ殿だけに頼っていては、王国に未来はない。確かにタクマ殿が守護者となってくれれば、国は安泰だろう。だが、本当にそれでいいのか？　タクマ殿にばかり迷惑をかけるわけにはいかんし、なんでもタクマ殿が解決してくれると考え、依存して何もできなくなってしまう事態も考えられる。だからこそ私は今まで通りの関係でいる事を決定したのだ」

タクマを守護者としなかったのは、タクマの自由を守るためだけではなく、王国の将来を考えるがゆえなのだと、パミルは語った。

パミルの真剣な様子を見て、貴族達は落ち着きを取り戻した。

それまで周囲の様子を窺っていたノートンは、話を再開する。

「先ほども申しましたが、軍が力をつけるまでの間、国が危険に晒されるのは事実です。そこで、対処が難しい事態が起きた時には、Sランク冒険者でもあるタクマ殿を指名し、解決の依頼をしたいと思います」

ノートンの言葉に、タクマは首を傾げる。守護者として国を防衛するのも、冒険者として国の依頼を受けるのも、変わらないのではないかと感じたのだ。

(どういう事だ……？　どちらにしろ、何かあった時に俺が矢面に立つ事になるんじゃないか？)

怪訝な表情を浮かべるタクマを見て、コラルは小声で話しかける。

「その様子だと、ノートンの言っている事に違和感があるようだな。だが、もう少し話を聞いてやってくれ」

コラルは困惑を隠せないタクマをなだめると、ノートンに続きを話すよう促す。

「ただし、事件が起こるたびに依頼するようでは、タクマ殿に迷惑がかかります。なので、別の依頼を行いたいのです。ところで、タクマ殿は今後支店を増やすための旅に出ると、休憩の時にプロック殿からお聞きしました。それは確かですか？」

「ええ。商会の事もありますが、俺は旅が好きですしね。できれば家族を連れて、色々な所に行きたいと考えています」

　タクマは夕夏を連れて、ハネムーンを兼ねた旅にしたいと考えていた。

　タクマが旅に出る予定である事を確認し、ノートンは言う。

「実は私達の依頼というのは、その旅行中に立ち寄った町に、結界を張ってほしいというものなのです」

　ノートンはパミル達と相談した内容を説明する。

「何か起きるたびに依頼をし、事にあたってもらう方法ではタクマ殿の負担が大きくなってしまいます。そこで、旅行をしながら町を結界で保護してもらいたいのです」

　依頼内容を聞いて、タクマは疑問を口にする。

「結界を張るのは構いませんが、国内の町全てにというのは無理がありませんか？　いくら旅に出るからといっても、数えきれないくらいの町や集落があると思いますし……」

　タクマの言う通り、王国には大小合わせて多くの町が点在していた。その全てを回るとなると、とても時間がかかる。

　タクマの言葉を聞いて、ノートンがつけ加える。

「全ての町を回ってもらうのは時間的に無理がありますし、タクマ殿一人にお願いできるものではないと理解しています。依頼したいのは、王国にある主要な都市に結界を張る事なのです。都市が無事なら、周辺の小さな集落に住んでいる者達の避難場所になります」

そのあと、ノートンは次のように説明した。

パミル王国では主要な都市の近くに、小さな集落が点在するような形で人の営みが行われているという。なので拠点となる都市に結界を張るだけで、守れる人々の数が格段に大きくなるとの事だった。

しかしその話を聞いても、タクマはすぐに承諾できなかった。

(旅行しながらできるというのはいいかもしれないが、すごく効率が悪いな……)

(ええ、マスターの負担を考えての事だとは思いますが、依頼としては中途半端ですね)

タクマは頭を悩ませた。

タクマがナビと相談している間、謁見の間は沈黙に包まれていた。

皆タクマの回答を待っているのだが、タクマ本人は難しい顔で俯いているからだ。

結論が出ない様子のタクマに、ナビが提案する。

(マスター、考える時間を作るために教会へ行くのはどうでしょう)

(そうだな。ここで悩んでいても埒が明かないか……)

タクマは顔を上げると、パミルに告げる。

「パミル様、大変申し訳ないのですが、依頼について考えをまとめてきたいと思います。ここから離れてもいいでしょうか」

パミルはその申し出を快諾した。

パミルから許可を受けてタクマは、城内の教会への案内を引き受けてくれたコラルと共に、謁見の間をあとにした。


タクマとコラルは、城の中にある教会へやって来た。

コラルが、すぐに祈り始めようとするタクマに尋ねる。

「タクマ殿、教会に来たという事は、ヴェルド様と何か打ち合わせの必要があるのか？　謁見を中座したという事は、先ほどの依頼の事なのだろう」

「その通りです。依頼の目的は理解できたのですが、さすがに仕事とプライベートは分けたいと思いまして……それにあの依頼では、集落の人達が都市に逃げ込むのが間に合わないケースも出てくるでしょう」

タクマは依頼を受けたからには、全ての人を守れるように行動したいと考えていた。

そしてまだ思いつきの段階ではあるが、パミル王国を守るための別の方法も考えていた。それについて、タクマはコラルに話した。

話を聞いたコラルは目を丸くする。タクマの計画は、普通の人間では決して実行できないような案だったからだ。

「ま、まさか……本当にそのような事が可能なのか……？」

あまりに壮大な計画に、コラルは声を震わせた。

「俺であれば可能だと思っています……ですが、実行するには大きな力が必要です。これほどの規模で力を使っていいのか分からないので、ヴェルド様に確認を取ろうと思い、教会に来たんです」

「確かに、その計画を行うのなら、ヴェルド様との相談が必要だろうな。祈りを邪魔してすまなかった」

コラルはタクマに謝ると、祈りを捧げるように促す。

コラルには椅子に座ってもらい、タクマは女神像の前に跪いて祈りを捧げた。

## 22　ヴェルドの計画と誤算

タクマは神々がいる白い空間に移動する。

そこにはヴェルドの本体がおり、タクマを備え付けのテーブルセットに案内する。

「タクマさん、いらっしゃい。さあ、こちらでお話をしましょうか」

タクマが椅子に座ると、ヴェルドが口を開く。

「まずはダンジョンの攻略、お疲れさまでした。ヴァイス達を始めとして全員が無事に帰還できた事、本当に嬉しく思います。そして無事に計画が進んだようで何よりです」

タクマ達を労《ねぎら》いつつも、ヴェルドはどこか悲しそうな顔をしていた。深くため息を吐きながら、ヴェルドは続ける。

「ですが、許容できない事も起きてしまいました。まさか神薬の製造に手を出す者が出るとは……しかも領民の命を犠牲にしてしまうなど、二度とあってはならない事です」

ヴェルドは以前人間界に顕現してまで禁忌を犯すなと警告したのに、ナーブによって非道な実験が行われた事に心を痛めている様子だった。

ヴェルドミールに生きる者を犠牲にして禁忌を犯した事は、ヴェルドにとって絶対に許せない所業だったのだろう。

ヴェルドはナーブの処罰について、タクマに相談を始める。

「実はあのナーブという貴族の処罰について、タクマさんのスキルを使って手助けをお願いしたいのです」

「ヴェルド様は、パミル様にナーブの監視を任せると言われていたかと思います。それなら、俺のスキルは必要ないのでは？」

タクマの意見に、ヴェルドは悲しげな表情で首を横に振る。

「パミル王はナーブの件を国中に布告するとの事でした。これによりパミル王国で禁忌を犯す者はいなくなると思います。ですが、他の国はどうでしょう」

ヴェルドは禁忌を犯す者が二度と出ないよう、ヴェルドミール全体に警告を出したいのだという。

ヴェルドが以前顕現した際には、神力で大がかりな警告を行った。だがその際に力を使いすぎたせいで、今回はそれができない。

だから無限にあるタクマの魔力を利用させてほしいのだと、ヴェルドは言う。

「私は禁忌を犯した者がどうなるのか、世界中の人々に実感してもらいたいと考えています。そのために、パミル王にも協力をしてもらうつもりです」

それからヴェルドは自分の計画について詳しく話していく。

「まずはパミル王に禁忌を犯す事が何を意味するのか宣言してもらい、タクマさんの力を借りて効果的な処罰を行いたいと思っています。やろうとしたら、かなり大がかりになるかもしれません。ですが今回の事は絶対に容認できません。だからこそ、一度で多くの者に教訓を植えつけたいのです」

ヴェルドに共感したタクマは、協力を決心して言う。

「……分かりました。俺にできる事は力を貸します。詳細を教えてもらえますか？」

タクマに約束してもらい、ヴェルドはほっとした様子で計画の詳細を話した。

「なるほど……それならインパクトが大きいですね……」

計画を聞いたタクマは、すぐさま頭の中で実行可能かをシミュレーションしていく。

その時、突然ガラスが割れるような音がした。

直後、聞きなれた声が二人の耳に届く。

「何やら面白そうな事を話しているではないか。我にも一枚噛ませてくれないか？」

タクマとヴェルドが声の方を見ると、そこには人化した大口真神が立っていた。

神々の空間にやって来ているので、彼は本体である。

いきなり現れたので、ヴェルドは驚く。

「噛ませてくれと言ったって、他の世界の神様に手伝ってもらうわけにはいきません。そもそも大口真神は、この世界に直接干渉する事はできないはずでは？　結婚式の余興は、あくまで映像を投影しただけでしたし」

大口真神はとても楽しそうな様子で口にする。

「ヴェルド神よ、気が付いていなかったのか？　少し前から我、鬼子母神、伊耶那美命の三柱の力が、ヴェルドミールに関与できるようになっている」

「へ……は、はぁ!?」

大口真神による衝撃的な発言に、ヴェルドは取り乱した。

慌てふためくヴェルドに、大口真神は冷静に説明する。

「そうだな、どこから話すか……そもそも我ら日本の神は、このヴェルドミールでは力を行使する事はできなかった。それは我らがこの世界の者達には神と認識されていなかったのが原因だ。しかし、ある事がきっかけで、一部のヴェルドミールの民達には我らの存在が知れてしまった」

大口真神から発せられた言葉に、ヴェルドはハッとした表情を浮かべた。

冷や汗を浮かべて聞いているヴェルドの様子を見て、大口真神は深く頷く。
「察しがついたようだな？　タクマの結婚式でやった我らの余興で、一部の者達がこの世界にお
主――ヴェルド以外の神がいるのではと疑念を抱いたようなのだ」
タクマは先ほどの謁見の間でのパミル達の反応を思い出した。
若返りが起きたパミル達は結婚式に参列し、余興を体験している。しかし先ほど半戦神の加護を
見た彼らは新しい神の存在に驚愕していた。
という事は余興からヴェルド以外の神がいると気付いたのは、パミル達以外の者なのだろう。
大口真神は続ける。
「神は人間に認識される事によって力を持つものだ。だから日本の神である我らは、この世界で力
を発揮できなかった。しかし、この世界にヴェルド以外の神がいるという疑念を持つ者が徐々に増
えた事で、力が行使できるようになったらしいな」
ヴェルドは頭を抱えたくなった。浮かれて行った余興のせいで、大口真神達がヴェルドミールの
人々に認識され、結果としてこの世界に神が増えてしまったというのだ。
また大口真神達がヴェルドミールで力が使えるようになったという事は、それだけ多くの人間と
の関わりができたという事だ。
人間と関わりを持ったために、大口真神達の分体は湖畔に固定されてしまった。それと同じ原理
がもっと大きな規模で働いたので、大口真神達の本体もヴェルドミールに固定され、日本に戻れな

くなってしまったと大口真神は説明した。

こうなったのもヴェルドが結婚式の余興の手伝いをお願いしたせいである。ヴェルドは自らの軽率な行動を、改めて後悔した。

呆然とするヴェルドに対して、大口真神は慰めるように言う。

「ヴェルド神よ、とはいえ、そこまでショックを受ける事はあるまい。我らは日本の神は現在、地球において人間に一切干渉を行っていない。だから日本に戻れなくとも、全く影響はないのだ。という事は、今までの状態とさして変わりはすまい。今の我らはヴェルドミールの世界に縛られてはいるが、タクマを近くで見届ける事ができるとも言える。だからこの生活を満喫するつもりだ」

「そうですね、もう力を得てしまったのは変えようがありません……分かりました。ヴェルドミールの神・ヴェルドは、皆様を歓迎します」

もうどうしようもないと悟ったヴェルドは、事態を受け入れる事にした。

「タクマさん、申し訳ありませんでした。お話の最中でしたね……」

「いや、気にしなくてもいいですよ。あんな事を聞いたら誰でも取り乱すでしょう」

タクマは全く気にしていないと言って笑う。

大口真神はタクマの反応に首を傾げた。

「ところでタクマ、お主は我らが力を行使できるようになったと言っても、驚きすらしなかったな。それはなぜだ？」

「なぜといわれても……俺は遅かれ早かれ、こうなるんじゃないかと思ってました。結婚式であれほどド派手に現れれば、ヴェルド様以外の神もいるんじゃないかと考えた人が、さすがにいたでしょう……まあ、とにかく俺も皆さんを歓迎しますよ。これからはヴェルドミールの神の一人として、俺と大口真神様は同類みたいなものなのかもしれませんね」

タクマの言葉を聞いて、大口真神は心底楽しそうな声で笑う。

「なるほど、お前はやはり面白いな。そうか、同類か」

大口真神は本題に入る。

「では、話を進めようではないか。タクマは何かやりたい事があるのだろう？」

「そうですね。大口真神様が手を貸してくれるのなら心強いです。よかったらぜひ聞いてください」

楽しそうに握手をするタクマと大口真神を見て、ヴェルドは咳払いをする。この世界の主神であるにもかかわらず、のけ者にされたように感じたからだ。

「んん！　タクマさんはナーブの件に協力してくれるとの事ですから、お礼に私も手伝いますよ！　タクマさんは何をやりたいのでしょうか？」

タクマはまず、パミル王国に依頼された内容を二柱に説明した。

話を聞いたヴェルドが言う。

「なるほど……まあ、タクマさんの旅行を前提にするなら、理解できない事はありません。ですが、タクマさんも全ての町や集落に行けるわけではないですよね。それに主要な都市の結界だけでは、万が一の事があった場合、逃げ遅れて犠牲になる者が出る可能性があります」

「俺もヴェルド様と同じ感想を抱きました。だからどうせ依頼を受けるなら、王国全てを守れるような方法がいいと思ったんです」

それからタクマは、都市や集落といった単位を設けて個別に対処するのではなく、国土全体を一気に網羅できる方法を取りたいと二柱に語った。

大口真神は興味深そうに言う。

「ほう、国土全体を守る？　それはどんな方法なのだ。国境に壁を作っている国もあるが、そのようにして物理的に出入りを制限したいのか？」

「はい、それもやりたいと思ってます」

タクマは含みを持たせた返事をした。

ヴェルドも大口真神と同じ予想を立てていたらしく、タクマの返事に首を傾げる。

「タクマさん、国境全てに壁を作りたいというだけではないのですか？」

「俺がやりたいのは……国境に壁を作って入国できる場所を制限したうえで、そこに結界を施す事です」

タクマは王国全体にもトーランのような防御システムを構築し、脅威のみを排除したいと考えていた。

結界という言葉を聞いた瞬間、ヴェルドは表情を曇らせた。

「結界……ですか……」

大口真神もタクマに忠告する。

「タクマよ。結界はいい案とは言えないな。お前がいなくなったあとの事は考えたのか？　国の防衛に関しては、お前がいなくなったとしても残る方法にした方がいい」

タクマは、いつまでも自分がいる事を前提としていたのに気が付いた。

「確かに……仰る通りですね。考えが足りませんでした」

タクマは自分の間違いに気付いて、二柱に詫びた。

ヴェルドは優しい笑みで頭を上げるように言う。

「タクマさん、気にしないでください。それよりも他の方法を考えましょう」

タクマが代案を考えていると、大口真神が助け舟を出す。

「タクマよ、何を悩んでいるのだ？　お主はトーランのようなシステムを国全体に構築したいのだろう。ならば何が必要になるかはもう分かっているはずだ」

大口真神の言葉に、タクマとヴェルドは同時に声をあげる。

「ダンジョンコアか！」

「ダンジョンコアね！」

トーランの防衛システムはダンジョンコアによって築かれている。なら国全体をカバーできるようなダンジョンコアを手に入れればいいのだ。

大口真神は満足そうに頷くと、更に言葉を続ける。

「確かトーランのダンジョンコアは、人の手で作られたものだったのだろう？　だったら、タクマも作ればよいのだ。ダンジョンコアを製作した者がどんな人間かは知らんが、お前より力を持つ者だったとは考えにくい。ならばタクマが作れない道理はあるまい」

大口真神の言う通りではあるが、タクマはダンジョンコアの製作方法を知らなかった。

「ダンジョンコアの作り方か……トーランで聞いてみるか？」

タクマがそんな事を呟いていると、ヴェルドが大きな声をあげる。

「あ、そうだ！　タクマさん、彼の遺産があるじゃないですか！」

ヴェルドの「彼」という言葉に、タクマはハッとする。

彼――瀬川雄太の遺《のこ》したアイテムが、先日ダンジョン攻略の報酬として大量に見つかっていた。ダンジョンの中で全てを確認しきれず、まだ箱ごとアイテムボックスに入ったままとなっているものもあった。

その中にたくさんの資料が入っている箱があった。資料の中にはダンジョンコアの制作方法について書かれているものがあるかもしれない。

タクマは慌ててアイテムボックスから全ての資料を取り出そうとする。

するとナビが実体化して、タクマを止める。

「マスター、待ってください。資料を全て出す必要はありません」

タクマはナビの言葉に首を傾げる。

「そうは言っても、出さないと内容を確かめられないだろう?」

タクマの質問にナビは胸を張って言う。

「いえ、分かるんです。マスターのノートパソコンには、アイテムボックスに同期する機能があるじゃないですか。それ使えば資料を探すくらい一瞬です」

## 23 アイテムボックスの新たな使い方

「アイテムボックスの中身って検索できるのか……」

ナビの言葉に、タクマは驚きを隠せなかった。

ナビはそんなタクマをよそに、話を続けていく。

「マスターのアイテムボックスは、異世界から持ち込まれたノートPCと同期した事で進化したのです」

そのあと、ナビはこう説明した。

ヴェルドミールにおけるアイテムボックスは、中に入ったものをイメージして取り出すのが普通なのだという。

　一方タクマのアイテムボックスは、ノートＰＣと同期されている。これはノートＰＣ内に存在している『異世界商店』のアプリの能力だ。異世界商店で購入したアイテムを直に受け取ったり、アイテムボックスに送ったりという使い方ができているのは、同期をしているからこそなのだ。

「今までこの機能を教えなかったのは、マスター自身が必要とする状況になかったからです。別に使えなくても不便はなかったですよね？」

「言われてみればそうだな……今までは単にアイテムを出し入れする事がほとんどで、中身がよく分からないまましまってあるなんて事はなかったからな」

　タクマの言葉に頷くと、ナビは話を続ける。

「使う必要のない機能を教えても、結局忘れてしまうと判断し、今まで知らせていませんでした。必要になった時に教えた方が身になりますから」

「ナビの言う通りだな。いい判断だと思う。ありがとう」

　タクマに感謝されたナビは顔を赤くする。

「い、いえ。私はマスターの事を考えて行動したまでです。それよりも、早速実践してみましょう。ノートｐＣを出していただけますか？」

　ナビに促され、タクマはアイテムボックスからノートＰＣを取り出し起動する。

「デスクトップに宝箱のアイコンがありますので、そちらをダブルタップしてください」

ナビの言葉通りに操作すると、マスごとにアイテムが振り分けられた画面が表示されている。しかも複数個所持しているものは、マスの右下に数量の記載がある。

「おお、まるでゲームみたいだ」

タクマは画面を見ながら、日本で有名だったRPGゲームを思い浮かべる。

その様子にナビは笑みを浮かべて同意する。

「マスターがそう思うのは無理もないかもしれませんね。このアプリはマスターのイメージが元になっているので」

「なるほど、だから俺がどこかで見た事のあるようなものになるってわけか……」

タクマはPCを操作しながら、ナビに資料の検索方法を教わっていく。

ナビによると、画面上部にある虫眼鏡マークをタップすればいいらしい。

タクマは「瀬川雄太の資料」と調べてみる。すると早速検索結果が表示された。

「瀬川雄太の資料……これだけだとすごい量が引っかかるな……ん、なんだこれ？『美味しいパンを作る方法』？『魔物肉を柔らかくするには』？」

初めて瀬川雄太の残した資料を見たタクマだったが、妙に食べ物に関するものが多いのが気になった。

「あいつ、異世界での生活に苦労したんだな……」

タクマが思わず呟くと、隣で見ていた大口真神が苦笑する。

「タクマよ。興味をそそるられるのは分かるが、目的の資料を探さなくてよいのか？」

「そ、そうでした……」

大口真神に促され、タクマは「ダンジョンコア」で検索結果を絞り込む。

すると、目当ての資料と思われる題名が目に入った。

「おっ、これか？『誰でも簡単！　人造ダンジョンコアの作り方！』……しかし、なんつう気の抜ける題名だ」

瀬川雄太のセンスはおいておいて、どうやらこれを読めばよさそうだ。

するとナビが話しかけてくる。

「見つけたようですね。マスター。あとは今までのように頭の中で思い浮かべて取り出せばいいのですが……せっかくの機会なので、新しい機能を使って出してみましょう。アイテム欄をダブルタップしてください」

タクマはナビに言われるまま、資料のマークをダブルタップした。画面にポップアップが表示される。

【このアイテムを取り出しますか？　YES／NO】

タクマが【YES】をタップすると、目の前に分厚い資料が現れた。

「これがそうなのか？」

タクマは呟きつつ、資料をめくってみる。中身は日本語で書かれていた。

**これが読めるという事は、君は同郷の者なのだろう。日本語を読めるヴェルドミールの人間はいないからな。**

**今から教えるダンジョンコアの製造方法は、強大な魔力と、それを制御できる能力がなければ不可能だ。両方が揃っている者であれば読み進めてほしい。**

書き出しを読んだところ、転移者であれば誰でもダンジョンコアを作れるわけではないらしい。

タクマが更に読み進めようとすると、資料に異変を感じる。

書かれている文字が動いたように見えたのだ。

驚いたタクマは、手に持っていた資料をテーブルの上に落としてしまった。

しかしタクマの手を離れても、資料の変化は止まらない。文字がミミズのように蠢《うごめ》き、本から飛び出してくる。浮き上がった文字は空中を移動し、タクマの周りに集まり始める。

大口真神がその様子を見て、冷静に言う。

「おそらくこれを読む資格のある者が触れた時に発動する仕組みだったのだろう」

タクマは先ほど書かれていた、強大な魔力と、それを制御できる力が揃った者という言葉を思い出した。

「資料自体が読む資格のある人間を判別するのか……」

資料からは文字が生き物のように浮かび上り続け、数を増やしていく。おそらく資料の全ての文字が実体化してくのだろうとタクマは考えた。

資料からはおびただしい量の文字が浮かび上がってくるが、しばらく時間が経つと途絶えた。

タクマが目をやると、資料は塵と化していた。全ての文字が実体化し終えたため、状態が変化した様子だ。

ここから何が起きるのかと身構えていると、タクマの頭の中に声が響く。


**——どうやら、資格を持った者のようだな。一応自己紹介をしよう。私の名は、瀬川雄太。君と同じ日本を故郷とする転移者だ。ああ……今の状況に驚いているかもしれないが、浮遊している文字に害はない。気持ち悪い見た目かもしれんが許してくれ。その文字達は直接私の知識を与えるために、君の記憶と同化する仕組みだ。**

その言葉と共に浮かんでいた文字の群れがタクマの右手に集まる。小さく収縮した文字の群れは、真っ黒な球体に変化を遂げていた。

**――君の手にある黒い球体がダンジョンコア製造の知識だ。そのまま球体を吸収するイメージで、魔力を練り上げてくれ。**

タクマは瀬川雄太の指示に従う。

すると黒い球体は魔力に反応したのか、タクマの身体に吸収されていった。吸収が終わったところで、急激な不快感がタクマを襲う。

「うっ……これは気持ちが悪いな……頭の中をかき回されているみたいだ……」

不快な感覚に、タクマは顔をしかめながら耐える。

脂汗を流して我慢していたタクマだったが、急に身体が楽になった。

見計らったかのように、瀬川雄太が語りかけてくる。

**――不快感がなくなれば、知識の吸収は終了だ。ダンジョンコアの製造方法を思い浮かべてみてくれ。**

ダンジョンコアの製造方法を、タクマは自分の知識であるかのように思い浮かべる事ができた。

しかし、タクマは大きく落胆し、天を仰ぐ。

「だめだ……これは絶対に作ってはだめだ……」

様子を見守っていた大口真神とヴェルドは、その呟きに驚いて話しかける。

「タクマ、大丈夫か？」

「タクマさん⁉」

二柱の声を聞いて、タクマは閉じていた目を開く。そして、首を横に振りながら呟く。

「ダンジョンコアを俺が作る事はできません。いや、作れるとしても、絶対に作ってはいけないものです。ダンジョンコアを作る方法は……多くの人の命と、精霊の命を必要とします」

タクマの言葉に、二柱は息を呑む。

「……分かりました……そうと分かった以上、違う方法を探してみるしかありません」

ヴェルドは沈痛な面持ちで言う。

タクマも落ち込んだまま、それに頷きかけた。

すると、再び瀬川雄太の声が頭に響く。


**――君はダンジョンコアの製造を諦めたようだな。**


その言葉にタクマは驚きを隠せない。瀬川雄太は既にこの世界に存在しないはずだ。タクマが資料を読んでどんな選択をしたかを知る事ができるはずがない。

瀬川雄太の声は、タクマの思考を読み取ったように続ける。その声はどこか嬉しそうな様子だ。

——私は君の精神状態を感知し、このメッセージが出る術式を作った。

製造を諦めたようなので、代わりに別の贈り物をしよう。

ヴェルドミールには、私が遺したアイテムがたくさんある。その一つに「冷蔵庫」という食料の保管庫がある。それを探せ。ある方法で封印が解け、中のアイテムが手に入る。

この資料に遺した私の言葉はここまでだ。君が常識的な選択をしてくれた事、嬉しく思っている。


タクマはため息を吐くと、瀬川雄太に感謝の言葉を呟く。

「……ありがとう。違った道筋を示してくれて……そのアイテムは、いつも大事に使わせてもらってるよ」

タクマが言ったのは、食事処琥珀に置かれている冷蔵庫の事だった。

実はダンジョン攻略で得たたくさんのアイテムの中には、魔道具化された冷蔵庫があった。湖畔の家には既に冷蔵庫が設置してあったので、食事処琥珀に置いて使っていたのだ。

タクマは不思議そうにしているヴェルドと大口真神に、先ほどの瀬川雄太の言葉を伝えた。

大口真神は感心した様子で言う。

「ほほう……その言いようからすると、瀬川雄太は代替のアイテムか、彼自身が作ったダンジョンコアを遺しているのかもしれんな」

タクマも大口真神と同じ考えだったので、二柱にこれからの行動を伝える。

「ええ、俺もそう思います。なのでいったんトーランに行き、冷蔵庫にアイテムが存在するかを調べようかと」

二柱ともタクマの意見に賛同した。次の目的が決まったタクマは、神々の空間をあとにした。

◇　◇　◇

タクマは神々の空間から、王城の教会に戻ってきた。

今まで教会で待っていたコラルが、タクマに話しかける。

「タクマ殿、相談はもう終わったのか？　祈り始めてすぐだが……」

不思議そうにしているコラルに、タクマは説明する。

「神々の空間は、現世とは時間の流れ方が違うんです。これでもかなりの時間、向こうで過ごしてきたんですよ」

タクマは更に、神々の空間でどのような出来事があったかを語った。

ダンジョンコアの製造方法を聞いた途端、コラルは顔色を曇らせて叫ぶ。

「それはいかんぞ、タクマ殿！　王国のために君が禁忌を犯すのは絶対に容認できん！」

タクマは慌ててコラルをなだめる。

「大丈夫です。俺だってだめだと分かっていますから。なので、俺の手でダンジョンコアを製造する事は諦めました。代わりに、瀬川雄太が示してくれた別の手段を取ってみるつもりなんです」

瀬川雄太の隠しアイテムについて話すと、コラルは安堵のため息を吐く。

「なるほど、まだ方法がなくなったわけではないのだな。つまり君が既に手に入れていた冷蔵庫が、偶然にも隠しアイテムの保管場所だったという事か」

「ええ、なので俺は一度トーランに行き、冷蔵庫を確かめてきます」

「分かった。この事はパミル様にも報告しておこう」

タクマはコラルに感謝を伝えると、早速空間跳躍を発動したのだった。


タクマはトーランの食事処琥珀へやって来た。

ただし現在は営業中なので、一般人が来ない裏口を着地点に選んだ。

店の中からはスパイシーな香りが漂ってくる。

「……あー、すげえ美味そうな匂いだな。カレーかな？」

食欲をそそられるが、残念ながら食べている時間はないだろう。

タクマは裏口の扉を開け、店の中に入る。裏口のドアは、厨房に繋がっていた。

そこには、忙しそうに働く家族達の姿があった。

「一番の席にカレーとかつ丼！　両方とも大盛りで！」

「あいよ、カツカレー上がり！　三番の席に持っていって！」

食事処琥珀は、相変わらず盛況なようだ。

タクマは営業の邪魔をしては申し訳ないと思ったが、閉店まで待つほどの時間はないので、厨房の奥へ進んでいく。

「あら、タクマさん。どうしたの？　何かあった？」

タクマの姿に気付いて、従業員のファリンが声をあげる。

料理の最中だったファリンは、包丁を動かしながらタクマに尋ねた。

「実は、ちょっとだけ冷蔵庫を調べたいんだ。皆の邪魔にならないようにするから、見てきてもいいか？」

すまなさそうな様子のタクマを見て、ファリンが笑う。

「何言ってるの、ここはタクマさんのお店じゃない。確認したいなら、好きにすればいいのに」

口ではそう言いながらも、ファリンはタクマが作業をしやすいように、従業員達に指示を出してくれた。

「皆！　タクマさんが冷蔵庫を調べたいんですって。冷蔵庫から必要な物を出したら、どいてあげてね」

従業員達は、てきぱきと反応する。

「了解！　もう必要なものは出してあるから大丈夫！」

「こっちも大丈夫です！　タクマさん、どうぞ使ってください」

そのやり取りにタクマは思わず噴き出す。

「連携が取れてるな……それに、楽しそうだ」

タクマは家族達のいきいきした顔を満足げに見ながら、冷蔵庫の前に移動した。

「さて……どこに隠されているんだろうな」

タクマは独り言を口に出した。見慣れていたアイテムから、今まで気付かなかった仕組みを探し出す。その行為が宝探しのようで、なんだか楽しく感じられたのだ。

ナビが実体化して、タクマに声をかける。

ちなみにナビは家族達には存在を知らせているので、食事処琥珀では姿を隠す必要がない。

「マスター、よかったら私が検索しましょうか？」

ナビの言葉に、タクマは首を横に振る。

「どうしても見つからない時は頼むから、ちょっとだけ俺の好きにさせてくれ」

嬉しそうに冷蔵庫を調べ始めるタクマに、ナビは苦笑いを浮かべる。

(たまにはマスターも遊びたいという事でしょうか……？　いつも家族のために行動しているマスターの楽しみを奪うのも気が引けますし、ここは様子を見ましょう)

タクマは冷蔵庫の扉を入念に調べていく。しかし特に怪しい点はない。

「うーん……じゃあ、側面はどうだ？」

タクマは冷蔵庫を動かし、側面や裏側も確認してみる。しかし、変わった所は何も見つからない。

「まあ、今まで一切気付かなかったんだから、そんな簡単なものなわけがないよな」

見た目で分かるはずがないと考え、タクマは冷蔵庫に魔力を流してみる事にした。何か反応があるかと思ったのだ。しかし、魔力を与えても冷蔵庫に変化は見られない。

タクマは首を傾げる。魔力をキーとした仕組みでもないようだ。

タクマが悩んでいると、ファリンがやって来た。

「タクマさん、さっきから一体何をしているの？」

タクマはファリンからヒントをもらえないかと思い、先ほどの瀬川雄太の言葉を一言一句間違える事なく伝えてみた。

するとファリンは、自分の考えを話し始めた。

「うーん、ここまでして見つからないようなら、冷蔵庫自体じゃなく、冷蔵庫の中を調べてみたらいいんじゃないかしら？」

タクマははっとして、思わず大きな声をあげる。

「そうか！　中か！」

タクマが冷蔵庫の中を確認しようとすると、ナビが制止する。

「マスター、いちいちアイテムを確認する必要はありませんよ」

ナビは首を傾げているタクマに説明した。

「マスターのＰＣは、魔道具に同期できます。それを利用すれば、この冷蔵庫の中も検索できるのです。中に入っているものを一つ一つ調べていては、何日かかるか分かりません。ＰＣと同期させて調べましょう。食事処琥珀の皆さんも、冷蔵庫を使うでしょうから」

ナビに促されたタクマは、皆の邪魔にならないように、いったん裏口から店の外に出る事にした。

タクマがノートＰＣを起動したところで、ナビは同期を開始する。

「魔力の常時接続完了、冷蔵庫との同期成功。これでアイテムボックスとは違うフォルダで、冷蔵庫の中が確認できるようになりました」

タクマがノートＰＣ画面を見ると、デスクトップに冷蔵庫のアイコンが増えていた。アイコンをタップすると、冷蔵庫の中が一つ一つ表示される。

「お、見えた見えた。しかし……改めて思うが、すさまじい量の食材だな」

商売で使っている冷蔵庫なので、中にたっぷり入っている事は理解していた。だがここまで詳しくチェックした事はなかったので、タクマは驚いた。

そんな大量の食材の備蓄の中に、変わったものがないか確認していく。

「ん、これは……？」

タクマはひときわ目立つアイテムが見つかった。普通は冷蔵庫の中にしまうようなものではない。

ＰＣを操作し、その場に取り出してみる。

「……こけしだな」

「……こけしですね」

タクマとナビは思わず口に出してしまう。

アイテムの詳細を調べてみると、こけしの形を模した醤油差しらしい。

「「なんでこんな形に!?」」

タクマとナビは、同時にツッコミを入れる。

「気を取り直して調べてみるか……」

タクマは咳払いすると、改めてこけし型の醤油差しに目を落とす。

見た目は木でできたこけしにしか見えないが、首の部分が蓋になっており、ひねると蓋が取れて醤油を出せるという仕組みだった。

タクマは食事処琥珀から小皿を借りてきて、試しに中身を皿に注いでみる。

「うん……醤油だな……」

小皿に溜まった液体に指を付けて味見をしたが、日本で日常的に使う醤油そのものだった。

タクマは感心してしまう。このヴェルドミールで日本で使っていた醤油そっくりの味を再現するには、相当な試行錯誤が必要だったはずだ。ここでも瀬川雄太の食に対するこだわりのようなものが感じられた。

「瀬川氏の事はともかく……何か仕掛けがあるか探してみましょう」

ナビに言われて、タクマはこけしを丹念に観察する。

「なあ、このこけし……何か変な魔力をまとってないか？」

調べ始めてすぐ、タクマ達は違和感を覚える。

「最初は醤油の劣化を防ぐためのものかと考えましたが、冷蔵庫に入れているのに、そこまでする必要はない気がします」

「だよなあ、ならこれに仕掛けがあるのかもな……」

タクマ手のひらをこけしの頭に置き、試しに魔力を流してみた。

不思議な感覚があり、タクマは声をあげる。

「!?　このこけし、なんか変だな」

タクマはこけしに魔力を流しているというより、こけしに自分の魔力を吸い取られているような感覚を覚えた。無限の魔力を持っているタクマでも眩暈を感じるくらいの魔力が一気にこけしの中に吸収されていく。すると徐々にこけしが光を放ち始める。

「こ、これは……このまま吸わせて大丈夫なのか？」

あまりに大量の魔力を吸収するので、タクマはこけしが壊れないか心配になった。しかしこけしはタクマの魔力をどんどん吸い取り、少しずつ輝きを増していった。こけしが放つ光はそのうちに目視が難しいくらいの眩しさになる。

タクマとナビは、目を細めてこけしを見守る。

しかし次の瞬間、こけしからの光が一瞬で消え去った。

突然の変化に、タクマは慌てる。

「おいおい、まさか壊れたんじゃないよな⁉」

「いえ、壊れてはいないようです。マスターの魔力がこけしの中に蓄積されているのを感じます」

こけしの様子を調べていたナビは、驚いたように言う。

「マスター、待ってください。こけしに変化が起きたようです」

タクマは、ナビが指さした場所を見る。

こけしのボディに、文字が浮かんでいた。

タクマは文字を声に出して読みあげる。

「どれどれ……『決してこの文字を声に出して読むな』……⁉」

つい音読してしまい、タクマは慌てて口を塞いだ。

しかし遅かったようで、こけしの頭頂部から、黒い霞《かすみ》のようなものが噴き出す。

「これは、瘴気……⁉」

ナビは驚きつつも、こけしの頭の上を漂う黒い霞を調べる。

霞の正体は掴めない。しかし、危険なものでもないようだ。

ナビに教えられたタクマは、考えながら言う。

「もしかして、これが瀬川雄太の仕掛けなのか？」

タクマはおそるおそるこけしの上に手をかざし、黒い霞に触れてみた。

すると、頭の中に声が響く。

**——このメッセージを聞いているという事は、おそらく別の場所で私の遺言を確認したのだろう。よく仕掛けをクリアしたな。これで君は、隠されたアイテムを手にする資格を得た。**

声は瀬川雄太のものだった。タクマは彼の発言を注意深く聞き取る。

**——目の前に浮かんでいる霞に触れれば、私が保管したアイテムを獲得できる。どうか有用に使ってくれ。忠告しておくが、そのアイテムは危険なものだ。使い方を間違えれば、大きな被害をもたらすだろう。しかし正しい使い方をすれば、きっと役に立つはずだ。このアイテムが大切な人のため、そして自分自身のためになるような使い方を探してくれる事を願う。**

瀬川雄太の言葉は、同郷の転移者を思う気持ちが感じられるものだった。

タクマは瀬川雄太に答えるように頷くと、黒い靄に手を伸ばした。何も感じる事なく、指先が靄の中に呑み込まれていく。タクマは霞の奥を探るように、肘まで中に入れた。指先に布のような感触がある。

タクマはそれ掴むと、外に引っ張り出す。

靄から出てきたのは、大きなスポーツバッグだった。大人が中に入れるくらい大型なもので、見た感じ、中身がパンパンに詰まっている。

タクマはもう一度霞の中に手を入れてみる。すると布の感触は一つだけではなかった。

どうやらスポーツバッグは何個もあるようだ。

タクマは次々にスポーツバッグを霞の外に出していく。

靄の中から出てきたスポーツバッグは、全部で八つだった。取り出し終えたところで、霞は役目を果たしたかのように消えていく。

タクマはアイテムボックスにスポーツバッグを収納する。ナビに頼んで、先ほどのようにアイテムボックスとノートPCを同期させ、中身を調べる事にした。

ナビが同期を行うと、PCの画面上に、バッグを描いた新しいアイコンが現れた。調べてみると、中にフォルダが八つある。おそらくバッグごとにナンバリングされているのだろう。

「これは分かりやすいな。とりあえず、番号順に確認してみるか」

タクマはアイテムボックスの機能に感心しつつ、「1」とナンバリングされたフォルダから開いていく。

「1」のバッグの中身は、様々な種類のポーションだった。体力を回復するような一般的な目的のものから、変わった効果のものまで取り揃えられている。

「このバッグは医療系か。今じっくりと見ている暇はないから、後回しだ」

「2」のバッグには、料理に使う道具がたくさん入っていた。

ここまで調べた様子だと、バッグには使用目的ごとにアイテムが収納されているようだ。

タクマがそう考えると、フォルダの名前が自動的に中身通りに書き変わり始めた。「1」は「医療」、「2」は「料理」といった具合だ。

驚いていると、ナビが言う。

「すみません、初めからこうするべきでしたね。これで目的の物が探しやすくなるかと思います」

「ありがとう。助かるよ」

フォルダの書き換えは、ナビが気をきかせてしてくれた事だった。

タクマはお礼を言いながら、次々にファイルを開いていく。

フォルダの一つに「禁呪アイテム（瀬川雄太作）」と表示されるアイテムがいくつも入っているものが見つかった。

このフォルダの中に目的のものがありそうだと思い、タクマは一つ一つ確認を始める。

初めは全て「禁呪アイテム（瀬川雄太作）」だったアイテム名が、確認するたびにそのアイテムの正しい名称に書き換わっていく。その中に「ゲートキーパー」と変換されたアイテムがあった。

タクマはそのアイテムに目をつける。確認した機能からしても、目的に合致しているように感じられる。

タクマはゲートキーパーをワンセットだけ外に出してみた。

目の前に現れたのは、灰色の人形のようなものだった。しかし、ヴェルドミールにあるような人形ではない。

「これって……フィギュアだよな？」

細部まで精巧に作り込まれた人形を見て、タクマがナビに問いかける。

「私はマスターの記憶から判断するしかないので、なんとも言えません……ですがマスターの記憶と照らし合わせてみると、確かに日本でフィギュアと呼ばれる人形のデザインに似ていますね」

どうやら瀬川雄太は、サブカルチャーに関心のある人間だったようだ。

「ま、まあ……人の趣味にあれこれ言うのはやめておこう……」

タクマは気を取り直して、ナビにゲートキーパーの使い方を確認する。

ゲートキーパーはこのフィギュアだけではないらしい。付属品として、キャンプでテントを立てる時に使う杭――ペグのようなものがついてきた。

フィギュアがゲートキーパー本体であり、ペグを使ってゲートキーパーが機能するエリアを決定するようだ。ただし、ペグは一度きりしか使えない。

ひと通り説明を聞いたところで、タクマはゲートキーパー本体を起動してみる事にした。

しかし、説明を確認したとはいえ、まだ油断はできない。もしも危険な遺物だったら、破壊して処分する必要がある。

タクマは緊張した面持ちで、フィギュアに手をかざし、魔力を流し始める。

すると、フィギュアに変化が現れた。

フィギュアは精巧に作られてはいるものの、色づけのされていない、灰色の状態だった。それが魔力を流し始めた途端、色がついていく。

体は肌色に、髪は薄紫に、そしてなぜか巫女の格好をしている服の部分は、着物は白、袴《はかま》は赤に染まる。着色が終わると、見事なフィギュアが完成した。

「色が入ったところで改めて見ると、すごいクオリティだな……」

タクマが感心して見ていると、突然フィギュアが強い光を放ち始めた。

強烈な光によって、タクマはフィギュアをまともに見ていられなくなる。

「私、ふっかーーーつ!!」

その直後、フィギュアが唐突に叫んだ。

「フィ、フィギュアが喋った……!?」

いきなりの出来事に、ナビは唖然としながら呟いたのだった。

異世界に飛ばされたおっさんは何処へ行く?
①~⑦
An Ossan in counterwold!
シリーズ累計69万部
悠々達成の異世界ぶらり旅ファンタジーを公式コミカライズ
アラフォーおっさんが
弱者《よわき》を助け、
強者《つよき》を一撃《くじく》!
サラリーマン佐東拓真(35歳 独身)が眼をさますと、そこは新世界ヴェルドミールだった。貴族や大商人の横暴に戸惑いつつも、いきなりモフモフな仔犬を拾って育てたり、女神ヴェルドの加護でネット通販を楽しんだり、とりあえずで気ままな新生活を楽しみ始めるタクマ。そんなマイペースすぎるおっさんの明日はどっちだ!? 異世界おっさん気まま旅、はじまります!
[原作] シ・ガレット [漫画] ひらぶき雅浩
B6判/各定価:748円(10%税込)
異世界に飛ばされたおっさんは何処へ行く? 7
原作 シ・ガレット 漫画 ひらぶき雅浩
発売中
WEBにて好評連載中!
アルファポリス 漫画
検索

かわいくて頼もしい!

ケットシーさんに守られて、快適異世界ライフ送ります!

ひょんなことから異世界に転生し、皇帝の101番目の庶子として生まれたクリスティーナ。10歳にして辺境貴族の養子とされた彼女は、ありふれた不幸の連続に見舞われていく。ありふれた義親からのイジメ、ありふれた家からの追放、ありふれた魔獣ひしめく森の中に置き去り、そしてありふれた絶体絶命。ただ一つだけありふれていなかったのは――彼女のレベルが782で、無自覚に人類最強だったこと。それに加えて、猫の魔物ケットシーさんに異常に懐かれているということだった。これは、転生幼女とケットシーさんによる、やりたい放題でほのぼのとした(時折殺伐とする)、異世界冒険物語である。

◉定価:1320円(10%税込) ISBN 978-4-434-29630-7 ◉illustration:nyanya

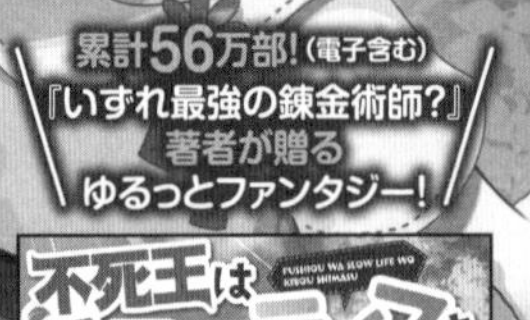


平凡な会社員の男は、気付くと幽霊と化していた。どうやら異世界に転移しただけでなく、最底辺の魔物・ゴーストになってしまったらしい。自らをシグムンドと名付けた男は悲観することなく、周囲のモンスターを倒して成長し、やがて死霊系の最強種・バンパイアへと成り上がる。強大な力を手に入れたシグムンドは辺境の森に拠点を構え、人化した魔物や保護したエルフの母子と一緒に、従魔を生み出したり農場を整備したり、自給自足のスローライフを実現していく——!

●定価：1320円（10%税込）　●ISBN 978-4-434-29115-9　●Illustration：高瀬コウ

この作品に対する皆様のご意見・ご感想をお待ちしております。

おハガキ・お手紙は以下の宛先にお送りください。

【宛先】

〒150-6008 東京都渋谷区恵比寿 4-20-3 恵比寿ｶﾞｰﾃﾞﾝﾌﾟﾚｲｽﾀﾜｰ 8F
（株）アルファポリス　書籍感想係

メールフォームでのご意見・ご感想は右のＱＲコードから、
あるいは以下のワードで検索をかけてください。

アルファポリス　書籍の感想　検索

ご感想はこちらから

本書は Web サイト「アルファポリス」（https://www.alphapolis.co.jp/）に投稿されたものを、改稿、加筆のうえ、書籍化したものです。

# 異世界《いせかい》に飛《と》ばされたおっさんは何処《どこ》へ行《い》く？ 12

シ・ガレット

2021年11月30日初版発行

編集－田中森意・芦田尚
編集長－太田鉄平
発行者－梶本雄介
発行所－株式会社アルファポリス
〒150-6008 東京都渋谷区恵比寿4-20-3 恵比寿ｶﾞｰﾃﾞﾝﾌﾟﾚｲｽﾀﾜｰ8F
TEL 03-6277-1601（営業）　03-6277-1602（編集）
URL https://www.alphapolis.co.jp/
発売元－株式会社星雲社（共同出版社・流通責任出版社）
〒112-0005東京都文京区水道1-3-30
TEL 03-3868-3275
装丁・本文イラスト－岡谷
装丁デザイン－AFTERGLOW
印刷－図書印刷株式会社

価格はカバーに表示されてあります。

落丁乱丁の場合はアルファポリスまでご連絡ください。

送料は小社負担でお取り替えします。


ISBN978-4-434-29625-3 C0093